Tanizaki Junichiro

疯癫老人日记

ふうてんろうじんにっき

[日] 谷崎润一郎 著

竺家荣 译

作家出版社

目 录

一

十六日。……晚上去新宿第一剧院看夜场。剧目有《恩仇彼岸》《彦市谭》和《助六曲轮菊》[1]。我不看其他两出，只想看《助六曲轮菊》。虽说勘弥演的助六不够过瘾，但据说扬卷由纳升出演，他演的扬卷不知有多美艳，所以比起助六来，我对扬卷更感兴趣。老伴和飒子陪我一起去。净吉从公司直接赶去剧院。看过助六的戏的只有我和老伴，飒子没看过。老伴好像也看过团十郎演的助六，但是没什么印象。她说看过一两次上上代的羽左卫门演的助六。真正看过团十郎演的助六的只有我一个人。记得是在明治[2]三十年左右，我

---

① 江户古典歌舞伎代表剧目之一，助六为该剧主人公。
② 明治（1868—1912），日本年号。

十三四岁的时候。那是团十郎最后一次出演助六，他死于明治三十六年。扬卷由前代歌右卫门扮演，那时候他还叫作福助。意休是福助的父亲芝玩扮演的。那时我家住在本所割下水①，至今我还记得在两国广小路有个浮世绘版画店，店名我忘了，店头挂着助六、意休和扬卷的三联幅彩锦画。

当年我看羽左卫门演助六的时候，意休由前代中车，扬卷还是由过去的福助，即当时的歌右卫门出演。记得那是个寒冷的冬日，羽左卫门尽管高烧近四十度，还是哆嗦着跳进水里②。门兵卫是特地从浅草的宫户座请中村堪五郎来演的，给我留下了格外深刻的印象。总之，我喜欢有助六的戏。只要一听说有助六，哪怕是勘弥演的，也想去看，更何况还能看到我一向偏爱的纳升呢。

勘弥大概是第一次演助六，总归不大令人满意。不只勘弥，近来的助六都穿着紧身裤，裤子上常常出现褶皱，这实在让人扫兴。在光腿上涂白粉，那才有看头。纳升演的扬

① 位于东京墨田区。
② 指《助六曲轮菊》中助六躲进水桶里的场景，水桶里真的装了水。

卷着实好看，也总算没白来一趟。从前福助时代的歌右卫门另当别论，近来还没有看过如此美丽的扬卷。我并没有Pedrasty①的嗜好，最近竟莫名其妙地对歌舞伎的年轻旦角②着了迷。当然，不化装的话也不好看，只有穿着女装的舞台形象才够味道。对了，对了，我想起来了，其实也不能说我完全不曾有过Pedrasty的兴趣。

年轻时我曾有过一次奇妙的经历。从前，新派里有个叫若山千鸟的美少年旦角演员。他属于山崎长之辅一座，后来去中洲的真砂座演出。稍稍上了一些年纪之后，便作为长相酷似第六代的前代岚芳三郎的配角到宫户座演出。说是上了年纪了，其实他也就三十岁左右，依旧艳丽迷人，看上去像个半老徐娘，根本看不出是男人。真砂座时期，他演红叶山人③的《夏衣》里的小姐时，我真的被她，不，是被他迷住了。要是能够把他请来，让他穿着舞台女装，哪怕一

① 英文，娈童癖。
② 指歌舞伎中饰演年轻女性的演员，现在多由男性扮演。
③ 尾崎红叶（1867—1903），明治时期小说家，代表作有《两个比丘尼的色情忏悔》《金色夜叉》等。

会儿也好，和他睡上一觉，该多美啊。我开玩笑地这么说了一句，在场的艺伎馆的老板娘就说，您真有此意的话，我来促成此事。就这样，我的愿望竟然实现了，顺利地和他同了衾。行事之时，他的接客方式和一般艺伎也没什么两样。也就是说，他自始至终不让对方感觉他是男子，完全变成了女人。他盘着云鬟，头枕着舟形枕，躺在昏暗的房间的褥子上。虽说穿着友禅绸长衬衣①，可技巧着实高超。那实在称得上是一次非常奇妙的体验。顺便说明一下，他并不是所谓的Hermaphrodite②，完全具备正常的男性器官，只是通过技巧不使人感觉到罢了。

不过，我本来就没有这种嗜好，只是满足了一下好奇心而已。所以，无论对方技巧多么高超，我后来再也没有和同性发生过关系。如今我都七十七岁了，已经丧失了那种能力，怎么会对女装的美少年——而非男装的丽人——迷恋起来呢？难道说时至今日，青年时代的有关若山千鸟的记忆又

① 和服衬衣的一种，上半身穿的贴身单衣。
② 英文，两性人。

复苏了吗？又不像是这么回事。倒像是和已经阳痿了的老年人的性生活——虽然不行了，但也有某种形式的性生活——有些关联似的……

今天写累了，就写到这儿吧。

十七日。再接着昨天的写点。最近正值梅雨季节，阴雨连绵，但昨天晚上很闷热。剧场里有空调，可我最怕用这东西。就因为它，我左手的神经痛更厉害了，皮肤的麻痹感也更严重了。以前的发病部位是从手腕到指尖，而现在从手腕往上，直到肘关节都痛起来，有时还越过肘部，波及肩膀周围了。

"你看看，这不是跟我说的一样吗？你难道非得来看戏，遭这份罪不可吗？"老伴说道，"而且还是二流演员的戏。"

"也不至于像你说的那样。只要一看到扬卷的脸，我就不觉得那么疼了。"遭到老伴的奚落，我更加固执了。手感觉越来越冰。我在纱外褂上罩了件波拉呢①单衣，里面还穿了罗制长衬衣。左手还戴上了鼠毛手套，用手帕包上银制怀炉抱在手里。

"纳升的扮相真的很漂亮，难怪爷爷那么说呢。"飒子说。

"你……"刚说个开头，净吉又换了个称呼，说，"你也看得懂？"②

"演得好坏虽说看不懂，但扮相漂亮得让人佩服。爷爷，明天去看日场好不好？《河庄》里的小春肯定也好看。您想看的话，明天就去怎么样？再往后天气就越来越热了。"

说实在话，我怕手痛，本来不打算去看日场，可受了老伴的责怪，就赌气明天忍着痛再来看一回日场。飒子早就看穿了我的心思。飒子之所以不讨老伴的欢心，就是因为在这种时候，她向来不顾老伴的态度，总是一味地迎合我的心情。不过，也可能是因为她也喜欢纳升，或者对演治兵卫的

---

① 精纺三股强捻纱织成的平纹毛织物。
② 原文中净吉对飒子的称呼前后分别为"君"和"御前"，两词均为"你"的意思，但前者比后者更礼貌。

团子更感兴趣吧……

今天日场的《河庄》是下午两点开演，三点二十分结束。今天烈日当空，比昨天还热。车里想必热得烤人，可冷气我更受不了，担心手痛会加剧。司机说，昨晚是夜场还好说，可现在这个时间出门，肯定会碰上游行队伍，必须从连接美国大使馆和国会议事堂还有南平台的这条线之间横穿过去才行，所以还是提前一点出发比较保险。不得已，我们一点就出发了。今天是三个人，少了净吉。

幸好没遇上什么游行，顺利到达。到时，段四郎的《恶太郎》还没演完。我们不看此剧，径直去餐厅稍事休息。她们二人要了饮料，我要了冰激凌，却被老伴拦住了。

《河庄》的演员有演小春的纳升、演治兵卫的团子、演孙右卫门的猿之助、演夫人的庄宗十郎和演多兵卫的团之助等。从前，前代雁治郎在新富座演此剧时，孙右卫门是这个猿之助的父亲段四郎，小春是前代梅幸出演的。团子演治兵卫演得非常卖力，虽然得承认他很努力，但稍嫌过火，加上紧张，表演显得生硬。这也难怪，年纪轻轻就饰演这么重要的角色。看他如此努力，祝愿他将来能成大器。我觉得，同样是饰演重要角色，比起演大阪的戏来，团子还是适宜演江户的戏。纳升今天的扮相也很漂亮，但感觉还是扬卷更好看。后面还有《权三与助十》，我们没看，出了剧院。

"既然到了这儿，就顺便去伊势丹转转吧。"明知老伴会反对，我还这么建议。

果然，老伴说："你又想去受空调的罪吗？天这么热，还是早点回去吧。"

"你瞧，"我举起蛇纹木手杖让她瞧，"铁头掉了，不知怎么搞的，这东西就是不耐用，两三年准掉。伊势丹的特卖场没准有合适的。"

其实，我还有点别的打算，没说出来就是了。

"野村，回去时会不会碰上游行啊？"

"应该不会。"

据司机说，今天有全学联①的反主流游行，两点开始在

---

① "全日本学生自治会总联合"的简称。

日比谷集会。主要行进范围是国会和警视厅一带，所以，只要避开他们走就行。

绅士用品特卖场在伊势丹的三楼，那儿没有中意的手杖。我说"顺便去二楼看看吧"，我们就又去了二楼的妇女用品特卖场。伊势丹正值中元节①礼品促销，人很多。一个意大利夏季时装展台上，挂满了著名设计师设计的意大利风格的高级时装。

"啊，太漂亮了。"飒子赞不绝口，半天挪不动步子。

我给飒子买了一条卡尔丹绸的丝巾，三千元左右。

"我早就想买这样的坤包，就是太贵了，买不起。"在一个澳大利亚制的驼色女包前面，飒子一个劲儿地赞叹着。女包的金属扣上镶嵌着人造蓝宝石，定价两万几千元。

"叫净吉给你买呀，又没多少钱。"

"他才不给我买呢。他可小气了。"

老伴在旁边一声不吭。

---

① 起源于中国，在当今日本转变为夏季向上级和长辈等赠送礼物的节日。

"老婆子，已经五点了，咱们现在去银座吃晚饭，然后再回家好了。"

"去银座的哪个饭店呢？"

"去浜作吧。我早就想吃海鳗了。"

我叫飒子给浜作打电话，预约了吧台的三四个座位，定在六点过去。还让她告诉净吉一声，能来的话就过来。野村说，游行要持续到夜里，从霞关行进到银座，十点解散。所以现在去浜作的话，八点之前就能回去，应该没事。如果稍微绕远一下，走市之谷的见附，经九段，出八重州口，就不会碰上游行队伍了……

十八日。继续写昨天的事。

按预定时间六点来到浜作，净吉已经先到了。我们按老伴、我、飒子和净吉的顺序就座。净吉夫妇要了啤酒，我和老伴要了大杯的粗茶。凉菜我们俩要的是泷川豆腐，净吉要了毛豆，飒子要了海蕴。我除了泷川豆腐外，还加了个酱拌鲸鱼丝。生鱼片是两份薄片加级鱼和两份梅肉海鳗。加级鱼是老伴和净吉的，梅肉海鳗是我和飒子的。烤鱼只有我要的是加级鱼，其他人要了盐烤香鱼。清汤四人都是清蒸鲜菇。最后还有一份酱烤茄子。

"我还想要点什么，可以吗？"

"开玩笑吧，这么多还不够吗？"

"也不是不够，只是一到这儿来就特别想吃关西菜。"

"有暴腌方头鱼。"净吉说道。

"爷爷，您帮我吃了好吗？"

飒子的海鳗几乎没有动。她想剩给我吃，所以只吃了一两片。说心里话，也许我是估计到她会剩给我——或许这才是今晚来这儿的目的——才来这里的。

"哟，我早吃光了。梅肉盘子都撤了。"

"梅肉我也剩了。"飒子边说边把自己的梅肉和鳗鱼一起推了过来。

"再给你要份梅肉吧。"

"不必了，这就足够了。"

虽说飒子只吃了两片梅肉，盘子里却一片狼藉，真不像女人吃过的。我猜她没准是故意的。

"我也给你留了香鱼肠子呢。"老伴说。老伴能把烤香鱼的骨头剔得很干净。她把鱼头、鱼骨和鱼尾堆到盘子一边，鱼肉吃得一点不剩，就像猫舔过似的。肠子留给我已成了习惯。

"我这儿也有香鱼。"飒子说，"我不大会吃鱼，吃得不像奶奶那么干净。"

正如飒子自己所说，她吃剩的香鱼也是乱七八糟的，比梅肉还不像样，我感觉这也是不无用意的。

吃饭聊天时，净吉说他这两三天可能去札幌出差，大约去一个星期，问飒子想不想和他一起去。飒子想了想说，虽然一直想去看看北海道的夏天，这次就算了，因为春久邀她二十日去看拳击比赛。净吉只说了句"是吗"，也没再勉强。我们七点半左右回了家。

十八日早晨，经助上学，净吉去公司上班后，我在院子里散了会儿步，然后到亭子里休息。虽说离亭子只有三十多米远，但最近我的腿脚渐渐不灵便了，一天比一天迈不动步子。也许是进入梅雨季节后湿气增多所致。可是，去年梅雨时节也不是这样。虽然两条腿感觉不像手那么痛、那么凉，但特别地沉，像要抽筋似的。沉重之感有时到达膝盖，有时直达脚背和脚心，每天的情况不大一样。医生的看法也各不相同。有的说是由于以前的轻度脑溢血后遗症导致脑中枢轻微病变，进而影响到腿部。有的让我照了 X 光后，说是由于脊椎和腰椎变形，要想矫正的话，需要躺在倾斜的床上向上牵引头部，还得在腰部打上石膏固定一段时间。我实在难以忍受那种一动不动的姿势，所以就一直这么对付着。医生吓唬我说，就算行走不便，也要每天走一走，不走动走动的话，就会真的走不动了。我走路颤颤巍巍的，老是要摔倒似的，即便拄着紫竹手杖散步，也得由飒子或护士或其他人陪着。今天早晨是飒子陪我的。

"飒子，给你。"在亭子里休息时，我从和服袖子里掏出一沓折得很小的钱塞到飒子手里。

"这是什么？"

"这是两万五千块，去买昨天那个坤包吧。"

"真不好意思。"飒子迅速将钱塞进上衣里面。

"不过，看见你拎着那个包走路，老伴会不会猜到是我给你买的呀？"

"奶奶当时没看见，她径直往前走了。"

我也觉得好像是这么回事。

…………

十九日。今天是星期日，净吉下午从羽田机场出发了。他前脚走，飒子后脚就开着希尔曼出去了。飒子开车的技术让人担心，家里人一般很少坐她的车，这辆车自然就成了她专用的了。她并不是去送丈夫，而是去斯卡拉剧院看阿兰·德龙演的《阳光普照》了，今天大概也是和春久一起去的。经助一个人无精打采地待在家里。今天，嫁到十堂的陆子要带孩子们来，他好像是在等他们。

下午一点多，杉田来出诊。佐佐木护士见我痛得不行，非常担心，才打电话请他来的。据东大梶浦内科诊断，现在我脑中枢的病灶已经基本消除，说明痛感并非脑部所致，已转为了风湿性或神经性疼痛。杉田建议我去整形外科看一看。前几天，去虎之门医院照了 X 光，发现颈椎附近有个阴影。医生吓唬我说，从手部的剧痛来看，说不定是得了癌；甚至还让我做了颈椎的断层扫描。好在不是癌，但颈骨的第六节和第七节变了形，腰椎也变了形，只是没有颈椎那么严重。手部的疼痛和麻痹就是这么引起的。要想进行矫正，就要做一张活动方便的木板床，下面装上滑轮，倾斜成三十度左右。开始每天早晚在上面各躺十五分钟，同时把头放进一种名为"格林逊氏牵引器"的器械（一种让医疗器械厂家根据自己头部尺寸制作的头部牵引器）中靠自身的重力拉伸颈部。时间和次数逐渐增加，据说坚持两三个月就会好起来。这大热的天，我实在不愿意受这份罪，可又没有别的好办法，所以杉田医生劝我试试看。于是，不管自己做不做，先找来木匠制作了活动床，又找来医疗器械店的人照我的头部量了尺寸。

两点左右，陆子带着两个孩子来了，长子好像去打棒球了没有来。秋子和夏二立刻进了经助的房间，三个孩子打算去动物园。陆子和我寒暄了几句，就去起居室和老伴没完没了地聊了起来。她们一向如此，也不稀奇。

今天没什么其他要写的了，就写点感想吧。

也许人到了老年都是这样，近来我没有一天不在思考自己的死。我不是最近才开始想的，早在二十多岁时就开始想了，最近尤其严重。"莫非我今天就会死吧。"一天要想两三次之多。想的时候并没有恐惧之感。年轻时倒挺害怕的，老了反而感觉到几分乐趣，而且可以对自己死时和死后的情景进行具体的想象。告别仪式我不要在青山殡仪馆举行，就在这个家朝院子的和式客厅里放上棺材，以便吊唁的人从大门经中门，踩着踏脚石来上香。我可不想听什么笙箫之类的吹打乐，找个像富山清琴①那样的人弹上一段《残月》即可。

月隐松影里，

又没波涛中，

---

① 富山清琴（1913—2008），日本民谣筝曲演奏家。

浮光亦似梦，

真如现光明，

恍在月都住。

……

我的耳边仿佛响起了清琴的吟唱。已经死了，却依然能听见这乐声。我还听见了老伴的哭泣声。我和五子、陆子都合不来，生前常和她们怄气，现在她们也在放声痛哭。飒子一定是无所谓的，但说不定也会哭，至少会做做样子吧。不知我死的时候是什么模样，最好跟现在一样胖，看上去有些可憎……

"爷爷……"

写到这儿，老伴突然领着陆子进来了。

"陆子有事要请您帮忙呢。"

陆子要我帮忙的事情是这样的。长子阿力还是大学二年级学生，虽说早了点，可也已经有了女朋友，想要结婚，陆子夫妇同意了。可是，让他们去住公寓又不放心，打算让他们暂时住在家里，等阿力毕业工作后再出去单住，这么一来现在十堂的家就太小了。本来光是陆子夫妇和三个孩子就已经很挤了。媳妇来了迟早要生孩子，因此他们夫妇打算借机换一所更宽敞的现代式样的房子。正好在十堂那一带，只隔着五六条街的地方，有所房子出售，很合他们的意，所以他们很想要把它买下来，可是还缺两三百万。一百万还勉强凑得出，再多的话，眼下有困难。当然也不是说让外公出这笔钱。他们打算去银行贷款，只想请外公帮忙出一下当下的两万元的利息，明年就还上。

"你们不是有股票吗？卖了不行吗？"

"卖了的话，我们可就真的一无所有了。"

"就是，最好是不要动用股票。"老伴帮起腔来。

"是啊，那是以备不时之需用的。"

"哪儿的话，你丈夫不是才四十多岁吗？这么年轻用得着考虑那么多吗？"

"陆子出嫁后，从没为钱求过咱们。这是头一次，就帮帮他们吧。"

"虽说是两万元，可要是三个月后的利息还不上怎么办呢？"

"到时候再说吧。"

"那可就没完了，不行。"

"矛田也不想给您添麻烦，只是怕时间长了，房子被别人买走，请您救救急。"

"利息也没多少钱，你妈也拿得出来啊。"

"你让我出，真说得出口。给飒子买希尔曼你就不说了。"

被老伴这么一抢白，我来了气，横下心来一分钱也不打算给了。这么一想，心情反倒舒畅了。

"我考虑考虑吧。"

"今天不能给我答复吗？"

"最近要花钱的地方太多了。"

她们俩嘟嘟囔囔地离开了房间。

没想到受到了意外的干扰，再接着往下写点。

五十岁之前，死的预感让我感到非常地害怕，现在却不怎么害怕了。可以说是对人生感到疲惫，什么时候死都无所谓了。前几天我在虎之门医院做断层扫描，被告知可能是癌后，陪同我的老伴和护士都大惊失色，而我却面不改色。连自己都没想到能如此地镇定。一想到漫长的人生终于要画上句号，反倒松了一口气。我对生没有丝毫的执着，可只要活着，就总是被异性吸引。我预感这种心境会一直持续到自己死亡的那一瞬间。我没有如扬言"九十岁时还要生个孩子"的久原房之助 ① 那样旺盛的精力。我已经是个纯粹的性无能者了，不过却能够以各种变形的或间接的方法来感受性的魅力。现在的我正是靠着对性欲和食欲的乐趣活着。似乎只有飒子隐约觉察到了我的内心。在这个家里，只有飒子了解我，其他人都不了解。她好像在用间接的方法一点点试探我，观察我的反应。

我很清楚自己是个脏兮兮、皱巴巴的老头。晚上睡觉前，摘下假牙照镜子时，觉得自己的长相实在很特别。上颚和下颚没有一颗牙齿，也没有牙龈。一闭上嘴，上唇与下唇

---

① 久原房之助（1869—1965），实业家、政治家，日立公司创始人。

便瘪了进去，上边的鼻子快耷拉到下巴上了。难道这就是自己的脸吗？我不禁愕然。甭说是人类，就连猴子长得都没这么丑陋。凭这张脸想博得女人的青睐，纯粹是天方夜谭。不过，对这个自知完全不具备吸引女人的资格的老头，人们反倒会放松警惕，这正是我的可乘之机。虽说我既无资格也无实力利用这可乘之机干什么，却可以放心大胆地接近美女。尽管自己没有能力，却可以教唆美女去勾引美男，引起家庭纠纷，坐山观虎斗……

二十日。……看来净吉现在并不是很爱飒子。也许是生了经助后，爱情渐渐变淡了吧。他经常去外地出差，在东京时又总在外面吃饭，回家很晚。也许是外面有人了，可又不能肯定。现在他对工作好像比对女人更有热情。尽管他们俩过去也轰轰烈烈地热恋过，但净吉对感情不能持久，多半是来自我这个父亲的遗传吧。

我是个放任主义者，并没过多地干涉他们，但是老伴反对他和飒子结婚。飒子说自己在 NDT^① 做过舞蹈演员，其实她在日本剧场只待了半年，不知后来都干过什么。听说在浅草一带的剧团干过，还在某夜总会里待过。

我曾问过她："你跳不跳脚尖舞？"

"不跳。我曾经想当芭蕾舞演员，专门学过一两年芭蕾，能用脚尖走几步。现在不知道还行不行。"她对我这么说。

"好不容易学到这个程度，怎么不学了？"

"因为脚会变形，太难看了。"

"所以才不学了？"

"我不愿意脚变成那样。"

"变成什么样啊？"

"什么样？难看极了。脚趾全都磨出了茧子，肿得老高，趾甲都掉光了。"

"现在你的脚挺好看的呀。"

"本来比现在还好看。就因为跳芭蕾长了茧子，变难看

---

① 日本剧场舞蹈团的简称。

022

了。不跳芭蕾后，为了使脚恢复原样，我每天用浮石和锉刀什么的磨脚，不过还是没恢复到以前那样。"

"是吗？让我看看。"

我意外地得到了触摸她的光脚的机会。她把两脚伸到沙发上，脱下尼龙袜子让我看。我把她的脚放到自己的膝盖上，挨个捏了一遍脚指头。

"摸着挺软的，哪有茧子呀？"

"您仔细摸摸看，使劲摁摁这儿。"

"是这儿吗？"

"是吧？还没完全磨掉呢。芭蕾舞演员有什么好，一想到脚这么难看就够了。"

"列佩申斯卡娅①的脚也是那样的吗？"

"当然了。我在训练时都好几次从鞋里流出鲜血来了呢。不光是脚，就连小腿肚都没肉了，变成工人那样干巴巴的。胸部瘪瘪的，乳房也没了。肩膀的肌肉变得像男人那么

① Ольга Васильевна Лелешинская（1916—2008），俄罗斯芭蕾舞女演员。

硬。舞台上的舞蹈演员多多少少都会变成这样，幸亏我没去跳舞。"

想必净吉正是被她的风姿给迷住了。虽说她没正经上过学，脑子却还不笨。她很要强，来我家后学过法语和英语，能说上只言片语的。她还学会了开车，喜欢看残酷打斗的拳击。除了喜欢这类刺激的，她居然还喜欢插花。京都一草亭①的女婿每周来东京教她两次插花，每次都带来一些奇花异草。她跟这位师傅学的是去风流派②。今天她在青瓷水盘里插了芒草、三白草和泡盛草，摆在我房间里。我顺便换了张条幅，是长尾雨山③的书法。

柳絮飞来客未还，

鸳花寂寞梦空残，

十千沽得京华酒，

---

① 西川一草亭（1878—1938），日本去风流插花派的第七代传人。
② 日本花道流派之一，主张花之自然姿态。
③ 长尾雨山（1864—1942），明治时期的汉学家、书画家。

春雨阑干看牡丹。

二十六日。大概昨晚多吃了点凉拌豆腐，半夜开始闹肚子，拉了两三次。吃了三片消虫痢也没止住。今天又折腾了一整天。

二十九日。下午我让飒子开车陪我去明治神宫方向兜风。本想瞅个空，两人悄悄出去，可是被护士发现了，非要陪我去。所以没什么意思，只玩了不到一个小时，就早早回家了……

二日。几天前开始血压又有些升高。今天早晨是180/110，脉搏100。护士让我吃了两片血普舒和三片阿达林后，手还是冰冰的，疼痛不已。以前，不论多疼都不影响我睡觉，可是昨天半夜里却被疼醒了。实在疼得受不了，就叫醒了佐佐木，让她给我打了止痛针。这种针虽然很见效，但打了之后感觉不舒服。

"老爷的矫正环和活动床已经做好了，不妨下决心试试吧。"

我虽然不大情愿，可是看身体这样糟糕，也想试着用用了。

三日。……试着把矫正环套在脖子上。这是石膏做的，将脖颈支起来，一直顶到下巴。并不觉得疼，只是脖子一点也不能动，更不能上下左右地扭动，只能目不转睛地平视前方。

"这简直就像地狱里的刑具啊。"

今天是星期日，净吉、经助、老伴和飒子都围拢过来看新鲜。

"哎呀，爷爷真可怜。"

"这样子得坚持多少分钟啊？"

"要治疗几天哪？"

"还是算了吧。这么大年纪，哪禁得住呀。"

我听见大家在周围七嘴八舌地议论，却因为回不了头，看不见他们的表情。

最后还是决定不用矫正环，只是躺在活动床上进行颈部牵引。开始的时候早晚各做十五分钟。这种方式是用比矫正环柔软的布吊住下颌来做牵引，虽然没矫正环那么拘束，但脖子还是不能动，只能直愣愣地瞧着天花板。

"好了，十五分钟到了。"护士看着表说道。

"第一次结束。"经助嚷着从走廊跑掉了。

十日。牵引治疗已经做了一周，并从十五分钟延长到了二十分钟，活动床的倾斜度也稍稍增加了，加强了颈部的牵引力度。然而却丝毫不见成效。手还在痛。据护士讲，怎么也得连续做两三个月方可见效。我觉得自己不一定能坚持到底。晚上，全家人聚在一起商量。飒子说，对于老年人来说这种方法不大可行。夏天还是先停一下，考虑考虑别的办法。她听一个外国人讲，美国药品专卖店有一种叫作德尔辛的药，专治神经痛。尽管不能根治，可每天吃三四次，每次吃三四片，就能止痛。听说特别见效就买来了，让我试试看。老伴说，不如请田园调布的铃木来扎扎针，也许见效，让我试试。老伴抱着话筒说个没完。铃木说他非常忙，希望我能去他家治疗，如果出诊的话，一周只能来两三次；虽然没有实际诊断，但根据老伴说的情况，多半能治好，大概需要两三个月的时间。几年前我心脏期前收缩一直不好的时候，以及头晕难受的时候，铃木都给我治好过，所以这次也请他下周来出诊。

我的身体一直很健康。从少年时期一直到六十三四岁，除了做痔疮手术住过一个星期医院外，没有得过什么大病。六十三四岁时得了高血压，六十七八岁时因轻度脑溢血躺了一个月左右，但都没感到过肉体的痛苦。感到肉体痛苦是虚岁七十七岁的喜寿之后的事。最开始左手疼痛，然后发展到肘部，又从肘部发展到肩部，接着从脚到腿也疼起来，而且是两条腿都疼，行动日渐不便。别人可能会想，这样子下去活着还有什么乐趣，我自己也这样想过。可是，不知算不算是不幸中的万幸，食欲、睡眠和大便都还正常。医生不让喝酒和吃辛辣刺激的食物，但可适当吃些牛排和鳗鱼。我的食欲倒是相当地好，可以说来者不拒，什么都吃得很香。睡觉也总是睡过头。加上午觉，一天要睡九到十个小时。我一天要大便两次，因此尿量也增多了。夜里要起夜两三次，却从不影响睡眠。半梦半醒地排尿，事后倒下便能酣然入睡。偶尔也会因手痛醒来，但迷迷糊糊的，不知不觉又睡着了。实在痛得受不了，打一针止痛针就能立刻睡着。靠着能吃能睡，我才活到了今天。否则，说不定早已不在人世了。

"您总说手痛，走不动，看您活得挺自在的，是不是说谎哪？"也有人这么对我说。我没有说谎，只是有时痛得厉害，有时不厉害，甚至有时一点也不痛，感觉随着天气和湿度变化而变化。

奇怪的是，痛的时候也有性欲。应该说，痛的时候性欲更强，或者说，让我碰了钉子的异性，我更感觉其魅力，更被其吸引。

这可以说是一种嗜虐倾向吧！我并非年轻时就有这种倾向，而是上了年纪后才逐渐变成这样的。

假设这里有两位同样美丽、同样适合我口味的女性，A

和蔼、诚实、体贴；B冷淡、虚荣、狡猾，要问我会对哪个女人更感兴趣的话，现在我敢肯定，比起A来，我会对B更感兴趣。当然，在美貌上B绝不能比A差。对于女人的美貌，我有自己的偏好，从容貌到体态，都要与之吻合才行。我不喜欢笔挺的高鼻子。尤其重要的是脚要白要细。在其他各种条件都大致相等的情况下，坏女人更让我着迷。有的女人会偶尔面露残酷的表情，我最喜欢这种表情了。我一看见这种表情的女人，就觉得她不光是表情，性格上也残忍，甚至希望她就是这样的女人。以前，泽村源之助的舞台扮相就是如此。法国电影《恶魔》里的女教师西蒙娜·西尼奥雷，以及最近走红的炎加世子也是这种面相。这些女人实际上也许是善良的女人。然而，如果她们真是恶人的话，要是能与她们同居——即便不能，至少住在她们身边，可以随时接近她们，那该多幸福啊……

十二日。……即便是坏女人，也不能坏得露骨，越是坏就必须要越聪明。坏也是有限度的，有偷窃癖、杀人癖者固然遭人痛恨，可也不能一概而论。知道她是专门哄骗男人上床后进行偷窃的女人，我反而会更被其吸引。我觉得就算明知她是骗子，自己也会和她发生关系，难以抗拒其诱惑的。

大学时代，同学中有个叫山田湿的法律学士，在大阪市政府工作，不过早已去世了。他的父亲是个老资格的律师抑或辩护人，明治初年曾为高桥阿传[①]辩护。据说他常对儿子谈起阿传的美貌，说她娇艳也好妖媚也罢，反正迄今为止他没见过如此妖冶的女人，所谓妖女说的就是她那种人，就算被这样的女人杀了也心甘情愿。他一有机会就不胜感慨地对儿子唠叨这些。我即使活得再长久，也不会有什么特别的艳遇了。所以，假如世上出现了阿传那样的女人，也许被她亲手杀死才是最幸福的。像现在这样忍受着手脚疼痛地活受罪，还不如干脆被残酷地杀死好呢。

我之所以喜欢飒子，也许是因为从她身上多少能感受到那样的幻影吧。她有些坏心眼，有些尖酸，还有些爱说谎；

---

① 高桥阿传（1850—1879），被称为"凄艳的毒妇"，因"强盗杀人罪"被判处死刑，在日本家喻户晓。她是日本历史上最后一个被公开处斩首刑的人。

和婆婆、大姑子们都处得不太好，对孩子也缺乏爱心。刚结婚时还好一些，这三四年明显变了。这多少跟我对她的教唆和引导有关。她本来并没有那么坏，即便是现在，她的本质也是善良的，但不知什么时候，她学会了故意让自己看上去很坏，并且颇引以为豪。大概她看出来我这个老头很欣赏她这么做吧。不知怎么搞的，比起自己的女儿来，我更偏爱她，不希望她和女儿们处得融洽。她越是给她们使坏，就越使我对她着迷。这种心理状态是最近才开始的，但越来越走向极端。难道受到病痛的折磨，无法享受正常的性快乐，会使人的性格变得如此乖戾吗？我想起了前几天家里发生的一起风波。

经助已经七岁，上小学一年级了，可是飒子至今再未生育。老伴怀疑飒子在避孕，而且怎么看怎么像。我心里也觉得多半是这么回事，可在老伴面前却否定说"不会吧"。老伴忍不住一再跟净吉提起这件事。

"没有啊。"净吉总是笑着敷衍她。

"准是这么回事，我很清楚。"

"哈哈哈哈，那你自己问问飒子呗。"

"有什么好笑的，这可是正经事。就因为你太宠飒子，她才不把你放在眼里的。"

终于，净吉把飒子叫来，让她向老伴讲清楚。我断断续续听见飒子那尖细的说话声。她们争执了大约一个小时，最后老伴过来叫我去一下。我没有去，所以不知道详情。后来听说飒子受不了老伴刻薄的数落，竟然进行了反击。

飒子说"我不太喜欢孩子"，还说，"死灰①在散落，还生那么多孩子干什么"，等等。

老伴也不示弱："你背着我直呼你丈夫'净吉净吉'吧？净吉在我面前虽然直呼你的名字，但在外人面前对你是用敬称的吧？一定是你让你丈夫这么叫的。"就这样越扯越远，没个完。最后，老伴和飒子都火了，净吉谁也劝不住。

"既然这么讨厌我们，就让我们搬出去住吧。喂，亲爱的，你说好不好？"她这么一说，老伴就卡壳了。老伴和飒

---

① 指"二战"时投放到日本的原子弹的放射物。

033

子都明白我是不会允许这样做的。

"照料爷爷的事有奶奶和佐佐木就行了，对吧，亲爱的，就这么办吧。"见老伴完全软下来了，飒子更起劲了。事情到此告一段落。我真后悔没亲眼瞧瞧这场有趣的争吵。

"梅雨天该过去了吧。"今天老伴又到我房间来了。看来她对前两天的争吵还没有释怀，一副无精打采的样子。

"今年倒没怎么下雨啊。"

"今天是花市①，我想起了墓地的事，你说怎么办？"

"不着急。我前几天已经说了，不愿意要东京的墓地。虽说我是老江户，可不喜欢现在的东京。在东京买墓地的话，说不定什么时候因为什么原因就被迁到哪儿去了呢。多摩②墓地没有东京的感觉，我不想被埋在那样的地方。"

"这我明白。可您不是说要在京都买，还要在下个月的

_____

① 也称盆市。阴历七月十二日晚至十三日早晨，出售盂兰盆节祭奠用的花草等用品的集市。
② 位于东京西南部。

大文字①之前，把这事定下来吗？"

"还有一个月呢，不着急。就让净吉跑一趟吧。"

"您不亲自去挑选也可以吗？"

"这么热的天，我这身体根本去不了，就推迟到秋分吧。"

我们夫妇俩于两三年前领受了法名。我的法名是琢明院游观日聪居士，老伴的法名是静皖院妙光日舜大姐。我不喜欢日莲宗，想改成净土宗或天台宗。不喜欢日莲宗的主要理由是：我不愿意叩拜佛坛上供奉着的头戴棉帽的泥人般的日莲上人像。我希望能埋在京都的法然院或真如堂那样的地方。

"我回来了。"飒子进来了。现在是下午五点左右。正巧撞见老伴也在，她十二分恭敬地行了礼，老伴躲不及似的立刻离开了房间。

"一大早你就不在，去哪儿了？"

"去逛商店了。还和春久去饭店的西餐厅吃饭，然后去

---

① 八月十六日，日本很多地方会在山上燃烧"大"字形篝火，以指引祖先的灵魂回到人间。

异乡人做衣服。接着又和春久会合，一起去有乐座看《黑人奥尔菲》①了。"

"你的右胳膊怎么晒得这么黑呀？"

"这是昨天去逗子兜风晒的。"

"还是和春久一起去的吧？"

"是啊。春久开车不行，来回都是我开的。"

"一个地方晒黑了，别的地方就显得特别白。"

"因为方向盘在右边，开一天车的话，就晒成这样了。"

"看你脸色发红，玩得很高兴吧？"

"是吗？也没有啊。不过，布雷诺·梅洛不错。"

"你说的是谁呀？"

"是《黑人奥尔菲》里的黑人主角。这个电影以希腊神话里的俄耳甫斯传说为蓝本，主人公是里约热内卢狂欢节上的一个黑人，演员全部用黑人。"

"有那么好看吗？"

---

① *Orfen Negro*，一九五九年奥斯卡最佳外语片奖获奖影片。

"布雷诺·梅洛是足球运动员出身，据说没演过电影，在这个电影里演电车司机。他一边开车一边不停地朝街上的女孩子打飞眼，简直帅极了。"

"我可能欣赏不了。"

"为了我去看好不好？"

"你要带我再看一次？"

"是啊。我陪您去的话，您看吗？"

"嗯。"

"这个电影我百看不厌。——因为一看到他那张脸，就想起我以前崇拜的莱奥·埃斯皮诺萨了。"

"又出来个怪名字。"

"莱奥·埃斯皮诺萨是菲律宾的拳击运动员，参加过特轻量级世界锦标赛，也是黑人。虽然没有梅洛长得帅，但是感觉很像，打飞眼时尤其像。现在他不如以前好看了，以前真的特别棒，所以就想到他了。"

"拳击我只看过一次。"

这时，老伴和佐佐木来通知我该上活动床了，飒子趁势故意添油加醋地显摆起来。

"他是宿务岛①上的黑人，擅长左直拳。他笔直地伸出左臂，击倒对方后，马上缩回胳膊。他'嗖嗖'地快速伸缩时，简直神了。就这么'嗖嗖'地一伸一缩，好看极了。进攻时，他嘴里总爱发出'嘘嘘'声。对方直击过来，一般人都是或左或右地躲闪，可他是上身猛地向后一仰，身体柔软得出奇。"

"哈哈哈，原来你喜欢春久，是因为他的皮肤黑，跟黑人很像呀。"

"不过春久的胸毛很浓，黑人却很少，所以出汗时全身亮光光的，魅力无穷。我非得拉您去看一次拳击不可。"

"拳击手很少有美男子吧？"

"鼻子被打瘪的人很多。"

"和摔跤相比，哪个好看呢？"

"摔跤主要是观赏性的。别看打得鼻青脸肿的，并没认

_____

① 菲律宾中部岛屿。

真打。"

"拳击也要流血呀。"

"那当然了。嘴上被打到时，鲜血直流，连护齿都被打飞，碎成三瓣呢。不过，不像摔跤是故意做给人看的，所以没那么血淋淋的。一般都用头撞对方的脸。有时眼睑都被打裂。"

"少夫人也去看这种比赛吗？"佐佐木插嘴道。老伴一直呆呆地站着，好像要随时准备逃开似的。

"不光是我，好多女人都去看呢。"

"我肯定会吓晕的。"

"血会让人兴奋，还使人愉快。"

就在和飒子说话的时候，我感觉左手剧痛起来。尽管疼，却有种极大的快感。一看到飒子那恶妇般的表情，手就越来越疼，快感也越来越强烈了……

二

　　十七日。昨晚送完盂兰盆的神火①后，飒子就立刻出门了。她要乘夜行快车去京都看祇园会②。大热的天，春久还得辛苦地去给庙会摄影，他已于昨天先去了京都。电视台的人住在京都饭店。飒子住在南禅寺，说是二十日（星期三）回来。她和五子不和，住的时间长不了。

　　"轻井泽什么时候去？孩子们放假以后可就吵了，还是早点去为好。"老伴说道，"二十日入伏吧。"

　　"今年怎么办好呢？——像去年那样待长了也没意思。和飒子约好二十五日去后乐园体育馆看全日本特轻量级拳击锦

---

① 日本风俗，在盂兰盆节的最后一天，要以送神火的方式把祖先的灵魂送回阴间。
② 日本京都八坂神社的祭祀活动，于七月十七至二十四日举行。

标赛了。"

"真是不自量力，到那种地方去，可小心别伤着。"

二十三日。……写日记是因为对写东西有兴趣才写的，并不是为了给谁看。由于视力急剧下降，不能长时间看书，又没有其他消遣的方法，为打发时间才特别想写点什么的。为了看得清楚，我用毛笔把字写得大大的。不愿被人看到，都锁进便携式保险柜里，保险柜已经增加到五只了。我也在想过些日子把它们烧掉，但转念一想，留下来也未尝不可。经常翻出以前的日记看一看，会为自己变得如此健忘而惊讶。一年前发生的事，就像刚刚发生的一样，看得津津有味，丝毫不觉得疲倦。

去年夏天，趁着去轻井泽，不在家住，请人把家里的卧室、浴室和厕所都做了改建。无论我变得多么健忘，唯独这件事记得一清二楚。可是翻开去年的日记本一看，有关这次改建的记录却不够详细，今天打算详细写写这件事。

去年夏天之前，我们夫妇一直是在同一个日式房间里并排睡觉的。去年在房间里铺上了木地板，摆上了两张床，一张床是我的，另一张是佐佐木护士的。老伴早就时不时去起居室睡觉了，自从摆了床以后，我们便彻底分开睡了。我是早睡早起，老伴是晚上不睡，早上不起；我喜欢西式厕所，而老伴非得日式厕所不可。此外，还考虑到方便医生出诊和护士看护等情况，便把挨着卧室右边的、我们老两口专用的厕所改造成了我专用的坐便式，并打通了卧室与厕所的墙，这样不出房间就能去厕所，方便多了。卧室的左边是浴室，去年也进行了彻底的改造。从盥洗池到地面、墙面都镶上了瓷砖，还新装了淋浴设备。这些都是飒子要求的。浴室与卧室之间也打通了，但可以根据需要从里面锁上门。

顺便写上一点，厕所右边是我的书房（厕所与书房之间也打通了），再往右边是护士的房间。护士只是夜间睡在我旁边的床上，白天一般待在自己的房间里。老伴则无论白天黑夜都闷在走廊拐角处的起居室里，几乎整天看电视或听收音机，没事很少出来。净吉夫妇和经助一家的卧室和起居室在二楼。二楼还有一间带卧室的客房。年轻夫妇的起居室装修得相当豪华。由于楼梯中间有一段是螺旋状的，我腿脚不便，极少上楼去。

改造浴室时，也有过一些争执。老伴说浴缸必须是木质的，瓷砖浴缸的话水容易凉，冬天水太凉不好。可是，最后还是按照飒子的要求（这点没告诉老伴）装上了瓷砖。果然失策——不，或许应该说是个成功——因为瓷砖一湿，很容易滑倒，对老人来说太危险了，老伴就曾经在喷头下面摔了个四脚朝天。有一次我躺在浴缸里，突然想站起来，就去扶浴室的墙壁，手却打滑，怎么也起不来。我的左手不好使，这种时候很不方便。于是在喷头下面垫了一块木质踏板，不过浴缸是没办法更换了。

昨晚发生了这么一件事。

佐佐木护士有小孩，她每月要回亲戚家去看一两次孩子。天黑走，住一晚，第二天上午回来。佐佐木不在的晚上，老伴睡在佐佐木的床上。我习惯十点睡觉，睡前入浴，浴后马上睡觉。而老伴自从摔了一跤之后，就不帮我洗澡了，由飒子或女佣帮我洗，可她们都不如佐佐木洗得耐心且舒服。飒子做洗浴准备时倒是很麻利，然后便站得远远地看着，不好好帮我洗。最多用海绵给我搓两下背。洗完后，从背后用毛巾给我擦干，再往我身上撒些婴儿爽身粉，然后打开电风扇，但决不到我前面来。也不知这是对我的恭敬还是厌恶。最后给我穿上浴衣，送进卧室后便离开，似乎下面就是老伴的事，与她无关了。我心里一直盼望她也能偶尔晚上来卧室陪我。可老伴早就在卧室等着了，飒子更显出一副冷淡的样子。

老伴不喜欢睡在别人的床上，每次都把佐佐木用的床单和被子统统换掉，然后皱着眉头躺下。上岁数的关系，老伴也经常起夜。她说在我那个西式厕所有尿也尿不出来，夜里要绕远去两三次日式厕所，所以总是抱怨睡不好觉。我暗暗期待有那么一天，佐佐木不在的时候，由飒子来陪我。

今天，机缘巧合，下午六点时，佐佐木说她晚上有事，想请个假，就看孩子去了。吃完晚饭，老伴突然感觉不舒服，就在起居室躺下了。自然而然，入浴和陪睡的任务都轮到飒子头上了。帮我洗澡时，她穿了件印有埃菲尔铁塔图案的POLO衫，下边穿着到膝盖的紧身裤，看上去十分健美而潇洒。也许是我的心理作用，我感觉她比以前搓洗得认真，脖子周围、肩头和胳膊，处处都感觉到她那轻柔的触摸。她把我送进卧室后，对我说："我马上就来，您稍等一会儿。我去冲个澡。"然后又进了浴室。我一个人在卧室等了三十分钟左右，感觉有些心神不定，就坐到了床上。这时，飒子出现在了浴室门口。这回她穿了件粉红色的大睡袍，脚上穿了双大概是中国产的绣有牡丹花的缎面拖鞋。

"让您久等了。"

她走了进来。这时走廊的门开了，女佣阿静抱着把折叠藤椅进来了。

"爷爷，还没休息吗？"

"正要睡呢。你让她拿这个来干什么？"

飒子回答说："爷爷睡得早，可我暂时睡不着，坐在这上面看看书。"

老伴不在的时候，我对飒子有时用敬称，有时不用，刻意用敬称的时候居多。而称呼自己的时候，有时用谦称，有时不用。只有我和飒子两个人时，自然就不用谦称了。飒子也一样，只有我俩的时候，说话就十分随便。她知道这样反倒会让我高兴。

飒子把藤椅拉开，躺在上面，打开了带来的书。好像是本法语教科书。她在台灯上搭了块布，以免光线照到我。她大概也不愿意睡佐佐木的床，打算在藤椅上过夜吧。

见她躺下，我也躺了下来。我的卧室里只开了一点冷气，以免手疼。这几天天气闷热潮湿，医生护士说为了干燥空气，开着空调比较好。我一边装睡，一边偷看她睡袍下面露出来的中国绣花拖鞋的小尖头，像她这么纤细的脚，日本人里很少见。

"爷爷，还没睡着吧？没听见您打鼾。听佐佐木说，您一躺下马上就打起鼾来。"

"奇怪，今天怎么也睡不着。"

"该不会是因为我在旁边吧？"

见我没作答，她扑哧一笑，说："太兴奋了对身体可不好噢。"然后又说，"可不能让您兴奋，给您吃片阿达林吧。"

飒子对我说这种卖弄风骚的话还是第一次，我听了有些亢奋。

"不用吧。"

"好啦，我喂您吃。"

她出去取药时，我想出了一个点子。

"来，吃了吧。两片够吗？"

她左手端小盘子，右手拿着阿达林药瓶往盘子里倒了两片，然后去浴室接来一杯水。

"来，张大嘴。我给您喂药，多好啊。"

"别放在盘子里，你用手捏着放进我嘴里。"

"那我去洗洗手。"她又去了浴室。

"我自己喝，水会洒的，你嘴对嘴喂我喝吧。"

"不行，不行，不许得寸进尺。"

她迅速将药片塞进我嘴里，又灵巧地将水倒进我的嘴里。我本想假装药力起作用继续装睡，谁知不知不觉真睡着了。

二十四日。半夜两点和四点左右，我去上厕所。飒子果然睡在藤椅上。法语书掉在地上，台灯关上了。由于阿达林的作用，我只记得去过两趟厕所。早上和往常一样，六点钟醒来了。

"您醒了？"

我以为爱睡懒觉的飒子肯定还没睡醒，没想到我刚一动弹，她就立刻坐了起来。

"怎么，你已经醒了？"

"我昨晚没睡好呀。"

我卷起了百叶窗，飒子大概不愿意让我看见她刚睡醒的模样，赶紧钻进了浴室……

下午两点左右，我从书房回到卧室，睡了大约一小时。我迷迷糊糊地睁眼躺在床上，浴室门突然开了一半，飒子伸出头来。我只能看见她的头，别处看不见。她头上戴着浴帽，脸上湿淋淋的。还能听见哗哗的喷水声。

"今天早上真是失礼了。我来洗个澡，正好是午睡的时候，顺便看看您。"

"今天是星期日吧，净吉不在家吗？"

她答非所问地说："我洗澡时也从不锁门，随时可以打开。"

她的意思是因为我入浴的时间一向是晚上九点多的关系，而对我不用设防，还是很信任我？还是我想看就可以进来看？或者是觉得我这老糊涂的存在完全不是问题？她到底为什么特意对我说这句话呢？实在想不明白。

"净吉今天在家，他打算今天晚上在院子里吃烤肉，这会儿正忙着准备呢。"

"有客人来吗？"

"春久和甘利来，好像十堂那边也来人。"

估计因为上次的事，陆子暂时不会来，大概来的是孩子们吧。

…………

二十五日。昨晚完全失策了。傍晚六点半开始在院子里烤肉，我见外面很是热闹，心里也痒痒起来，想加入到年轻人中间去。老伴一个劲儿劝阻说，这个时节坐在草地上会着凉的，还是不要出去为好。可是，飒子招呼我说："爷爷，来啊！"

我对他们大吃特吃的羊肉和鸡翅之类不感兴趣，根本不打算吃什么，只是想看看春久和飒子是怎么接触的。可是与大家围坐在外面才三四十分钟，就渐渐感到凉气从腿上一直蹿到了腰间。也可能是由于听了老伴的劝，而神经质起来，疑神疑鬼的缘故吧。大概是听老伴说的，不一会儿，佐佐木也担心地来到院子里劝我。这么一来，我越加固执，不肯马上站起来，可却感觉越来越凉了。老伴了解我的脾气，这种时候决不硬劝我。佐佐木担心得不行。又挨了三十分钟，我终于站起来回房间了。

然而，麻烦事还在后头呢。凌晨两点，我觉得尿道奇痒就醒了，急忙跑进厕所，一看，尿成了浑浊的乳白色。回到床上没过十五分钟又想尿尿，而且一直痒痒，就这样反复了四五次。佐佐木给我吃了四片新诺明，又用暖水袋焐在尿道上，才好容易不难受了。

几年前，我得了前列腺肥大症（我年轻时得性病的时候还叫摄护腺），总是尿不干净或尿不出来，还用导管导过两三次尿。尿闭症在老年人中很常见。平常排一次尿也要花很长时间。在剧院上厕所时，要是后面排着长队等我，就更费时间。有人说，前列腺肥大手术在七十五六岁以前都可以做，劝我最好下决心做一下。还说手术后的感觉好极了，能像年轻人那样哗哗地尿出来，就像回到了青春时代。但也有人说，这种手术又难做，又不舒服，还是算了吧。我一犹豫，又过了两年，就错过了手术的时期。不过所幸近来有所好转，可是由于昨晚的失误，又前功尽弃了。医生说最近要多加小心，新诺明吃多了有副作用，所以一天三次，一次四片，服用不要超过三天。每天早上要坚持验尿，有杂菌的话，就吃杀菌药。

结果，今天我不能去后乐园看拳击赛了。尿道的毛病今天早上见好，想去也能去。但佐佐木说晚上绝对不能外出，不同意我去。

"爷爷，对不起啦。我自己去了，回来讲给你听。"飒子说着快步出了门。

我不得不在家静养，让铃木扎了针。从两点半扎到四点半，时间很长，很不好受，中间有二十分钟休息。

学校放暑假了，已经定好了经助和十堂的孩子们过几天去轻井泽，老伴和陆子陪他们一起去。飒子说她下个月去，拜托他们照顾好经助。净吉下个月能请到十天假，打算到时去。十堂的千六大概也那时去。春久说电视台的工作很忙，搞美术设计的，一般白天还有空闲，晚上根本脱不开身……

二十六日。最近我每天必做的事如下。早上六点左右起床。先去厕所。排尿时，用消过毒的试管取最初的几滴尿。然后用硼砂液洗眼。然后用小苏打水仔细漱洗口腔和喉咙。然后用含叶绿素的牙膏清洗牙龈。戴假牙。在院内散步约三十分钟。躺在活动床上做牵引，已延长到三十分钟。接下来吃早饭。只有早饭在卧室里吃。牛奶一瓶、烤面包加奶酪一片、蔬菜汁一杯、水果一个、红茶一杯。同时吃一片合利他命。然后到书房看报，写日记，时间富余的话看看书。

上午一般写日记，有时会写到下午或晚上。上午十点，佐佐木来书房给我量血压。三天打一次五十毫升的维生素。中午在饭厅就餐，一般只吃一碗面条和一个水果。下午一点至两点在卧室午睡。每周一、三、五的两点半至四点半，铃木先生来给我扎针。下午五点开始再做三十分钟牵引。六点以后在院子里散步。早晚两次的散步都由佐佐木陪伴，有时是飒子。六点半吃晚饭。米饭一小碗。据说菜式丰富比较好，所以每天都翻新花样，品种丰富。老人和年轻人的口味不同，吃的菜都不大一样，吃饭的时间也不统一。饭后在书房听收音机。我眼睛不好，晚上不看书，也不怎么看电视。

前天星期日，即二十四日中午，飒子随口说的那句话，总是在我脑子里盘旋。那天中午两点，我在卧室里午睡醒来，正睡眼惺忪地躺在床上，突然，飒子从浴室门里探出头来对我说道："我洗澡时也从不锁门，随时可以打开。"

我猜不出她是故意这么说的，还是无意说的，反正从她嘴里说出的这句话挑起了我极大的兴致。那天晚上吃烧烤，昨天因病静养了一天，这两天里，她的话不断在我脑子里转悠。今天下午两点，我睡醒后去了书房，三点又回到了卧室。我知道，最近飒子只要在家，都是这个时间来洗澡。我试探着悄悄推了推浴室的门，果然没有锁，里面有喷水声。

"您有事吗？"

我只稍稍推开了一条缝，她就发现了。我觉得很狼狈，但很快就镇定了下来。

"你说从不锁门，我来看看是不是真的。"我一边说一边探进头去，看见飒子正在沐浴，全身被白底绿条的浴帘挡住了。

"我没骗您吧。"

"没有。"

"您站在那儿干什么呀，请进来吧。"

"可以进来吗？"

"您想进来吧？"

"其实也没什么事。"

"瞧您，太兴奋容易摔倒啊。镇定，镇定。"

木踏板立在一边，铺着瓷砖的地面湿漉漉的。我小心翼翼地钻进浴室，然后锁上了门。从浴帘的缝隙中能隐约看见她的肩头、膝盖和脚尖。

"那就给您找点事干吧。"水声停了，她将上半身背朝我探出了帘外，"您把那条毛巾拿过来给我搓搓背吧。小心我头上的水掉您身上。"她摘掉浴帽时，有两三滴水珠溅到我身上。

"别那么害怕，再用点力使劲搓。对了，我忘了，爷爷的左手不好使，用右手使劲搓。"

我突然隔着毛巾抓住她的双肩，然后把嘴贴到她的右肩肌肉突起的地方，用舌头去嗛。就在这时，我的左脸啪地挨了一巴掌。

"您都爷爷辈了，还这么狂啊。"

"就吻一下，我以为你会答应的。"

"绝对不行。我告诉净吉去。"

"对不起，对不起。"

"请您出去吧。"说完，她冲洗起来，还说，"您慢着点，慢着点，滑倒可不得了。"

我慢慢地走到门口，感觉到她柔软的手指推了我的后背一下。我坐在床上歇了一会儿。她很快从浴室出来了，换上了那件纯棉睡袍和那双绣花拖鞋。

"请原谅，刚才对您不敬了。"

"这有什么呀。"

"疼吗？"

"不疼，只是吓了一跳。"

"我动不动就爱扇男人的嘴巴，所以刚才不知不觉就出了手。"

"我猜也是。对很多男人用过这手吧？"

"可是，打爷爷终归是太不像话了。"

……

二十八日。……

……

昨天下午针灸没得空，今天下午三点，我又伏在浴室门上偷听。门没有锁，听见有哗哗的水声。

"进来呀，我等您来呢。前天对不起了。"

"我就知道你会来。"

"人上了年纪，脸皮就是厚。"

"前天挨了你一巴掌，还不补偿我一下？"

"开什么玩笑。请您发誓今后不再做那种事。"

"就吻了脖子一下，至于生那么大的气吗？"

"脖子不能吻。"

"什么地方可以吻呢？"

"什么地方都不行。感觉就像被鼻涕虫舔了似的，一天都不舒服。"

"要是春久吻你呢？"我顿了顿，说了出来。

"当然也打啦，真的。上次就让他领教了。"

"不至于那么介意吧？"

"我的手很有弹性，真打的话，疼得眼珠都要掉出来。"

"我巴不得挨一下呢。"

"真是个不好对付的不良老人。可怕的老头子。"

"我再问一遍，脖子不行的话，哪儿可以呢？"

"膝盖以下可以允许一次，就一次啊。——而且不能用舌头，只能用嘴唇接触。"她从浴帘缝里伸出了小腿，膝盖以上到脸都遮得严严实实的。

"这简直跟医生给妇女做妇科检查一样啊。"

"说什么呢。"

"接吻不让用舌头，太难为人了。"

"不是让您接吻，是用嘴唇碰一碰。对爷爷来说最合适了。"

"先关上喷头好不好？"

"不能关，等您亲完后，得马上冲洗干净，不然心里不舒服。"

我的感觉好像只是喝了一些水。

"对了，说起春久，他有个事想请您帮忙。"

"什么事呀？"

"春久说今年夏天太热了，想不时到咱家来洗洗澡。他让我问问您行不行。"

"电视台那边没有浴池吗？"

"有是有，可是演员和演员之外的人的浴池是分开的，水特别脏，他不愿意去洗，只好去银座的东京温泉洗澡。要是能在咱家洗的话，离电视台又近，就方便多了，所以托我问问您。"

"这点小事，你看着办吧，不用什么都问我。"

"其实，前几天他背着您来洗过一次。不过，他说，总觉得偷偷来洗澡不合适。"

"我无所谓，要问的话，问奶奶去。"

"爷爷帮我说说吧，我有点害怕奶奶。"她嘴上这么说，其实更在意我的态度。因为是春久的事，她才觉得有必要特意跟我打招呼……

……

二十九日。……下午两点半开始扎针。我平躺在床上，盲人医生铃木坐在床边的椅子上进行治疗。他从包里拿出针盒，用酒精给银针消毒，这些细致的准备工作都是他亲自做，但总是有一位徒弟陪在他的身后。治疗到今天为止，手的冰冷感和指尖的麻痹感依然没有消退。

进行到二三十分钟左右的时候，春久突然从走廊的门走了进来。

"伯父，打扰您一下。您正在治疗，很不好意思。前几天托飒子求您的事，听说您同意了，实在感激不尽。我从今天开始借用您家的浴室，特来向您致谢。"

"这点小事，不用这么客气，随时都可以使用。"

"谢谢您。那我就承蒙您的好意，以后常来打扰了，当然，不是每天来。——最近您看起来气色相当不错。"

"哪里，越来越老糊涂了，每天都被飒子数落呢。"

"瞧您说的，飒子总是感叹您不服老哪。"

"哪儿的话，现在不是还在扎针嘛，苟延残喘而已。"

"怎么会呢。伯父肯定会长寿的。——我就不打扰您治疗了。我去跟伯母打个招呼，先告辞了。"

"大热天的，在这儿多休息一会儿。"

"多谢了，我就是劳碌命。"

春久出去后不久，阿静端来了两份茶点，休息时间到了。今天的茶点是布丁和冰红茶。休息之后继续治疗，四点半结束。

在治疗的时候，我一直在想别的事。

春久求我让他来洗澡，可事情并不那么简单，好像有什么企图似的。很可能是飒子的主意。今天春久也一定是故意在我治疗时来问候我的。飒子大概觉得，这样一来，就可以在相当长一段时间里避开老人的纠缠了。隐约听家里人说，春久说他夜间很忙，白天时间比较多。那么，他来洗澡的时间是下午至傍晚之间，和飒子洗澡的时间差不多。也就是说，选择我在书房或在卧室治疗的时候来洗澡。他在浴室的时候，那个门肯定不会不锁的吧，一定会把门锁上的吧。飒子说不定为自己不爱锁门的毛病后悔呢。

还有一件事让人担心。大后天，八月一日，老伴、经助、十堂的陆子和三个孩子以及女佣阿节七人出发去轻井泽。净吉二日去关西出差，六日回京，七日他也去轻井泽待十天。这样一来，对飒子来说可是求之不得的天赐良机。飒子说，她下个月会去轻井泽住两三天。理由是虽说有佐佐木和阿静在，但把爷爷一个人留在家里不放心。而且，轻井泽的游泳池水太凉，没法游泳，偶尔去去还可以，不愿意长时间住在那边。她还说她喜欢海边。听她这么一说，我也得编个理由设法留在家里了。

"那我先去了。您什么时候来呀？"老伴问我。

"说不好。好容易开始了针灸，想再扎一段时间看看效果。"

"您不是说一点也不见效吗？天气又热，先停一段吧。"

"不行，最近感觉有点效果了。刚刚开始还不到一个月呢，现在停下来不合算。"

"这么说，您今年是不打算去了？"

"也不是，早晚会去的。"

就这样，好歹通过了老伴的盘问。

三

五日。……

两点半，铃木来了，马上开始治疗。三点多休息时，阿静送来了茶点，是摩卡冰激凌和冰红茶。她正要转身离开，我随口问道："今天春久没来吗？"

"来过了，现在好像已经回去了。"她含糊其词地答了一句，就出去了。

盲人吃东西费时间，徒弟一勺一勺慢慢地将冰激凌喂进他的嘴里，他还不时就一口红茶。

"对不起，失陪一下。"我下了床，来到浴室门口，拧了拧把手，门锁着。为了再次确认，我假装去洗手，进了厕所，从厕所门出来到了走廊上，打开走廊上的浴室门一看，里面没有人。但是，春久的衬衣、裤子和袜子都脱在筐里。再拉开浴室里面的玻璃门看了看，里面没有人。又拉开浴帘看看，也没有人。只见瓷砖和四周的墙上都溅满水滴。阿静这丫头，说瞎话糊弄我。可是，春久他人到底在哪儿呢？飒子又在哪儿呢？我刚要去餐厅，看看是不是在吧台那儿，正好碰见阿静用托盘端着可乐瓶和两个杯子从餐厅出来，正要上二楼去。

一看见我，阿静的脸立刻变得煞白，呆呆地站在楼梯口，端盘子的手颤抖着。我也有些狼狈，按说这个时间自己在走廊乱转也不大正常。

"春久还没走吧？"我故作愉悦、语调轻松地问道。

"没有。我以为他已经回去了呢……"

"是吗？"

"……在二楼上乘凉呢……"

盘子里有两瓶可乐和两个杯子。两个人在二楼"乘凉"。既然衣服扔在筐里，那么他洗完澡穿的就是浴衣了。洗澡是否也是一个人呢？二楼有间客房，可他们究竟在哪间屋里乘凉呢？借他浴衣穿也没有什么，但是楼下的客厅、会客室和起居室都空着，而且这会儿老伴也不在家，哪儿都没有人，根本用不着上二楼的。看来他们一定以为，两点半到四点半这段时间我在接受治疗，不会从卧室出来的。

我看着阿静上了二楼后，马上返回了卧室。

"对不起。"说着，我又躺到了床上。我离开不到十分钟，盲人医生才刚刚吃完冰激凌。

又继续扎针。从现在开始的四五十分钟时间，我必须把自己的身体完全交给铃木。到了四点半，铃木走了，我回到书房。他们以为可以在我治疗的时候，悄悄地下楼离开，然而他们失算了。没想到我突然出现在走廊上，撞上了阿静。如果我没撞上阿静，他们就不会察觉我知道他们的事了。如果是这样的话，应该说阿静碰见了我，还算是幸运的。但要是往坏处猜测的话，也说不定是飒子估计到了我怀疑她，很可能会在治疗休息时到走廊来查看，所以故意吩咐阿静送饮料，假装撞上我的。也许他们考虑的是尽量早点让老人知道，一方面便于他们行事，一方面也可以让老人死心，这也算是一种积德吧。

"没事，慌什么。沉住气，大大方方地回去。"我仿佛听见了飒子的声音。

从四点半到五点休息。五点至五点半做牵引。五点半到六点休息。在这段时间里，在我治疗结束以前，二楼的客人肯定已经回去了。飒子也一起出去了，还是不好意思见我，躲在屋子里？反正一直没见到她的人影。今天只在吃午饭的时候见了她一面。（从二日以来，家里就只有我和她两人面对面地吃饭了。）六点，佐佐木来催我去院子里散步。我正要从套廊下到院子里去时，飒子不知从哪儿忽然冒了出来："佐佐木，今天你不用陪了，我来吧。"

"春久什么时候走的？"一到亭子里，我就直截了当地问道。

"那以后不久就走了。"

"那以后是什么时候？"

"喝完可乐后不久。虽然我说反正也被您瞧见了，立刻就走反倒让人怀疑。"

"没想到他还挺胆小的。"

"他一个劲儿地说，肯定会被伯父误解，让我跟您好好解释一下。"

"算了，不谈这个了。"

"误解就误解吧。不过二楼比下面通风好，我们只不过是上二楼喝了杯可乐呀。上年纪的人总爱想歪了，净吉就不这样。"

"算了吧，怎么样都没关系。"

"怎么能没关系呢？"

"我声明一下——你是不是误解我了？"

"怎么误解了？"

"假设你——只是假设——和春久做了什么事，我也不打算追究……"

飒子一脸惊讶，没说话。

"我不会对老伴和净吉说的，都藏在我心里。"

"爷爷的意思是允许我做那样的事？"

"差不多吧。"

"您不正常吧！"

"也许吧。你刚发现呀，你不是挺聪明的吗？"

"可是，您怎么会这么想呢？"

"自己不能享受恋爱的冒险了，于是，为了心理平衡，让别人去冒险，自己在旁边欣赏。人到了这个地步，是很可悲的。"

"自己没有希望了才这样自暴自弃的吧？"

"还有种酸溜溜的心情。您就当是同情我吧。"

"说得真好听啊。我当然可以同情您，可我不愿意为了让爷爷欣赏而牺牲自己呀。"

"这怎么是牺牲呢？让我愉快的同时，你自己也愉快呀。比起我来，你要愉快得多，我才真是可怜哪。"

"请留心不要再挨嘴巴。"

"别打岔。也不一定非得和春久，甘利或者别人都行啊。"

"一到亭子里来就说这事，还是散散步吧。老说这事，不光对腿脚，对脑子也不好。您看，佐佐木在套廊看咱们呢。"

路很宽，可以两个人并排走。路两旁的胡枝子伸到了小路上，很碍事。

"叶子太茂盛了，容易绊着，您还是扶着我走吧。"

"你要是能让我挽着你的胳膊就更好了。"

"这可不行，爷爷个子太矮。"

本来在我左边的飒子，突然转到了我的右边。

"我来拿手杖，您用右手扶着这儿。"说着，她将左肩靠近了我，用手杖拨开挡路的胡枝子……

六日。……接着昨天的写。

"净吉到底对你怎么样啊？"

"我还想知道呢。您觉得呢？"

"我也说不上来，我不太想净吉的事。"

"我也一样，问他也懒得理我，不跟我说实话。总之，他现在不爱我了。"

"如果告诉他你有情人的话，他会怎么样？"

"他会说，有就有了呗，请不要有什么顾虑。——表面是在开玩笑，其实他很往心里去的。"

"被老婆这么一说，无论哪个男人都会嘴硬的。"

"他好像也有喜欢的女人呢。似乎是跟我有同样经历的，某个酒吧里的女人。我跟他说只要让我经常见见经助，离婚也行。他说不想离婚，经助太可怜了。而且，最要紧的是，你不在的话，父亲会伤心的。"

"真小看人。"

"他对爷爷的事知道得一清二楚，虽然我并没对他说过什么。"

"到底是我的儿子啊。"

"哪有这么尽孝心的呀，真够新鲜的。"

"其实他还恋着你呢，拿父亲做幌子罢了。"

说实在的，我对自己的长子、卯木家的嗣子净吉几乎一无所知。对宝贝儿子如此无知的父亲，恐怕也不多见吧。我只知道他从东京大学经济系毕业后，进了太平洋塑料工业公司，但不了解他的具体工作。只听说是个从三井化学买进树脂原料，做胶卷、聚乙烯膜和聚乙烯制品，如塑料桶啦、装蛋黄酱的塑料管之类的公司。工厂在川崎一带，总公司在日本桥，他在总公司的营业部工作。据说不久将要升为部长，但他现在拿多少工资和奖金就不知道了。他虽然是继承人，但目前我是这家的主人。家事的开支他也负担一部分，但大部分还是靠我的房产收入和股票分红。以前每月的家计都由老伴负责，不知何时由飒子当家了。听老伴说，飒子很会精打细算，对常来送货的商贩的账单都查得非常仔细。她还时常去厨房打开冰箱查看。所以一提起少夫人，女佣们都很惧怕。喜好新鲜事物的飒子去年在厨房里安了一台垃圾粉碎机。我亲眼见过一次，阿节因为把还能吃的白薯给扔进去了，被飒子狠狠地训斥了一顿。"如果烂了喂狗也可以啊，你们觉得好玩，就什么都往里扔。早知道这样，还不如不买它呢。"飒子后悔地说道。

据老伴说，飒子尽可能压缩开支，刻薄女佣，把省下来的钱全部塞进了自己的腰包，让大家过紧巴巴的日子，她自己不知道有多奢侈呢。有时她也让阿静打算盘，但一般都是她自己亲自计算。虽然税是会计师负责的，但由她和会计师打交道。光是少夫人的工作就已经很忙了，而她还大包大揽，并且做得干脆利落，这一点一定颇让净吉满意。如今飒子在卯木家已经站稳了脚跟，对于净吉来说，在这个意义上她是不可或缺的。

当年老伴反对净吉和飒子结婚时，净吉说："她虽是舞女出身，但肯定会把家里管得很好，我看得出她有这个才能。"净吉可能只是信口开河，并非有什么先见之明。不料飒子过了门后，果然渐渐显露出其管理才能，也许连她自己也没想到自己有这个才能吧。

说实话，我虽然同意他们结婚，但觉得肯定长不了。净吉迷上一个女人会迷得神魂颠倒，厌倦起来也很快，这一点是我的遗传。我以为他和我年轻时完全一样，现在看来不能简单下定论。结婚时净吉相当投入，现在却差得远了。不过，在我看来，现在的飒子比刚结婚的时候更漂亮了。她来我家已经快十年了，却随着时间的流逝越来越好看了，生了经助后尤其如此。现在她身上已经没有过去那种舞女的感觉了，只是单独和我在一起的时候，才偶尔流露出些许往日的风情。和净吉两人单独在一起时，还有以前情浓意厚时想必也是这种感觉，然而现在却不再这样了。到如今，儿子恐怕只是欣赏她的会计才能，怕失去她会有种种的不便。飒子故作乖巧的时候，俨然一副贵妇人的派头。她说话做事干脆利落，又聪明伶俐，还不乏人情味和亲切感，很有一股吸引力。大家都这么看她，儿子心里自然也不无得意，所以很难做出离婚的决定。即使她有行为不端之嫌，也可能会视而不见，只要别让他太难堪……

七日。……净吉昨晚从关西回来，今早去轻井泽……

八日。……下午一点至两点午睡，起来后等着铃木来出诊。这时，浴室门从里面敲了几下。"我锁上门了。"里面传来飒子的声音。

"那位要来吧？"

"是啊。"飒子探了探头，就咔嚓一声锁上了门。我瞥见她板着脸，表情冷冷的。看来她一个人先洗了，头上的浴帽正往下滴水……

　　九日。……今天不扎针。午睡后，我放不下心，就继续待在卧室里。

　　"我锁上啦。"今天她也敲了几下，比昨天晚了三十分钟，而且根本没探出头来。下午三点多，我轻轻拧了拧门把手，门还锁着。下午五点做牵引时，听见春久走到跟前跟我打招呼："伯父，多谢了，每天都洗得很舒服。"我看不见他的脸，真想瞧瞧他说这话时是什么表情。

　　六点在院子里散步时，我问佐佐木："飒子不在家吗？"

　　"刚才我看见希尔曼出门了。"佐佐木又去问了阿静，回来说，"少夫人确实出门了。"

　　……

　　十日。……下午一点至两点午睡，然后又经历了与八日相同的事……

　　……

十一日。……今天不做针灸，不过今天和九日那天不一样。

　　飒子没有说"我锁上啦"，而是说"我没锁门啊"。她还难得地探出了头，表情很快活。从里面传出哗哗的水声。

　　"今天他不来吗？"

　　"不来，您进来吧。"

　　她让我进，我就进去了。她早已躲进浴帘后面去了。

　　"今天您可以吻我。"沐浴声停了，她从浴帘下面伸出了小腿。

　　"怎么还是看妇科的姿势？"

　　"当然了，膝盖以上不行。不过，这回我把喷头关上了呀。"

　　"是想要感谢我吗？这礼也太轻了吧。"

　　"不愿意就算了，我可不勉强您了。"然后又加上一句，"今天不限嘴唇，用舌头也可以。"

　　我和七月二十八日那天姿势相同，用嘴去吸吮她小腿肚的同一个位置。我用舌头尽情地享受，这感觉跟接吻很像。我呷呷地从小腿肚往脚踝吻下去，她竟一直没说什么，全由着我。舌尖触到了脚面，进而触到了大拇趾。我跪在地上抱起她的脚，一口含起了大拇趾、二趾和三趾。又吻了脚心，湿漉漉的足底很诱人，仿佛也有表情似的。

"差不多了吧？"

突然，喷头打开了，喷到了她的脚底，也喷了我满头满脸的水……

五点，佐佐木来通知我做牵引时，问我："哎呀，您的眼睛怎么红了？"这几年来，我的眼白常常充血，平时总是红红的。仔细观察瞳孔的话，甚至能看见眼角膜下面暴着几条又红又细的血管。担心是眼底出血，去做了检查，医生说眼压正常，还说我这个年纪也不足为奇。只是每当眼底充血时，就心跳加快，血压明显升高。佐佐木马上给我号了脉。

"脉搏 90 多下，发生什么事了吗？"

"没有啊。"

"给您量量血压吧。"

她硬让我躺在书房的沙发上，静躺十分钟后，在我的右臂缠上橡皮管。我看不见血压计，但是从佐佐木的表情上大致猜得出来。

"您现在觉得有什么不舒服的吗？"

"没什么不舒服啊。血压高吗？"

"200左右。"她这么说的时候，一般都是在200以上，差不多205、206、210或220以上。不过，我过去最高的时候曾经达到过245，所以多少高一点，也不会像医生那么吃惊。反正我也看开了，一不留神就这么丧了命也没法子。

"今天早上量的时候是高压145，低压83，很正常的，怎么突然这么高了，真奇怪。是不是大便干燥，用力太猛了？"

"没有啊。"

"没什么事吗？真是奇怪了。"佐佐木仍旧百思不得其解。我嘴上没说，可心里再清楚不过了。刚才吻脚心的触觉还留在嘴唇上呢，想忘都忘不了。血压一定是我在把飒子的三根脚趾含在嘴里的时候高上去的。当时，我的脸一下子变得火热，血液全部涌到了头部。我甚至想到自己会不会在这一瞬间突发脑溢血死去呢。我会死吧？我会死吧？我千真万确是这么想的。我曾设想过这种情况，然而一旦真到了这时候，一想到"死"还是害怕。于是，我拼命对自己说："要冷静，不能太兴奋。"可奇怪的是，越这么想就越停不下来。不，越想要停下来，就越疯狂地吮吸起来。一边想着我要死了，一边吮吸着。恐惧、兴奋和快感在我胸中轮番涌动着，心绞痛发作般的疼痛让我喘不上气来……到这会儿已经过了两个小时，血压还没下来。

"今天就不要做牵引了，安静地休息一下为好。"佐佐木不由分说地硬把我送回了卧室，让我躺下休息。

……

晚上九点，佐佐木又拿着血压计进来了。

"再给您量一次吧。"

这回所幸恢复了正常，高压 150 多一点，低压 87。

"好了，这下可以放心了。刚才可是高压 223 和低压150 哪。"

"这不过是偶尔的。"

"偶尔也不行啊，幸亏持续时间不长。"

放心的不光是佐佐木，其实我比佐佐木还要松了一口气。同时，我又觉得照现在的状况，我还可以继续疯狂下去，虽说不是飒子喜欢的桃色冒险，但我这种程度的桃色冒险也不该就此停止，纵使一时疏忽丢了性命又有何妨……

十二日。……下午两点多春久来了，好像待了两三个小时。晚上吃完饭，飒子马上出门了，说是去斯卡拉座看马丁·拉萨尔主演的《扒手》，然后去王子饭店游泳。我想象着从她那露背泳衣露出的雪白的肩头和后背，在夜晚的灯光下闪烁的情景……

十三日。……下午三点左右，又经历了一次桃色冒险。只是今天眼睛没有红，血压也正常，反而让我扫兴，仿佛没有兴奋得眼睛充血，血压 200 以上，就不过瘾似的。

十四日。净吉晚上从轻井泽回来了，他星期一要上班。

十六日。飒子说，昨天到好久没去的叶山游泳去了；还说今年夏天为了照顾我，没工夫去海边，所以没机会晒黑一点。飒子的皮肤有白人那么白，被太阳晒到的部分有些发红。她说从颈部到胸部晒出了一个鲜红的 V 字形，被泳衣遮住的腹部显得格外地白，今天她似乎是为了向我炫耀这些才让我进浴室的。

……

十七日。今天好像春久也来了。

十八日。……今天也进行了桃色冒险，只是和十一日、十三日稍有不同。今天她是穿着高跟凉鞋冲澡的。

"你为什么穿凉鞋？"

"在歌厅看脱衣舞时，舞女都是光着身子，穿着这个出场的。对于恋足癖的爷爷来说，这样不是很有魅力吗？有时还能看见脚心呢。"

这还不算什么，后来发生了这样一件事。

"今天就让爷爷 necking 吧。"

"'necking' 是什么意思呀？"

"这都不知道吗？前几天爷爷不是还做过吗？"

"是亲脖子吗？"

"是啊，是 petting 的一种呀。"

"'petting' 是什么意思啊？我没学过这个英语单词。"

"上年纪的人真是麻烦，就是爱抚的意思。还有个词叫 'heavy petting'。对爷爷还得从头教起。"

"这么说，我可以吻你这儿了？"

"您可得感谢我啊。"

"我给你磕头作揖吧。今天太阳打西边出来了！看来可怕的还在后头呢。"

"嗯。您还算明白。这么想就对了。"

"先告诉我行不行啊？"

"别问那么多了，先 necking 吧。"

最终我还是抵挡不住诱惑，尽情地享受了二十多分钟的所谓 necking。

"哈哈，我赢了。这回您可不许不答应我了。"

"答应什么呀？"

"我说出来您可别吓瘫了。"

"到底是什么呀？"

"我老早就想要买件东西。"

"说吧，什么东西？"

"猫眼石。"

"猫眼石？"

"对，没错。可不是那种小的，我想要的是男人戴的那种大个的。我在帝国饭店的商店里看上了一颗，真想把它买下来。"

"多少钱？"

"三百万。"

"你说什么？"

"三百万。"

"开玩笑吧。"

"没开玩笑啊。"

"我手头没有那么多钱。"

"我知道您正好有笔现成的款子，差不多这个数。我今天已经订了货，跟人家说好这两三天内去取货的。"

"真没想到 necking 有这么昂贵呀。"

"不光是今天，以后您随时可以 necking 呀。"

"不就是 necking 嘛，真的接吻才值哪。"

"说什么啊，刚才还说给我磕头作揖呢。"

"这可麻烦了，被老伴瞧见了怎么办呢？"

"我怎么可能那么笨呢。"

"再怎么说也心疼啊。可不能这么欺负老年人噢。"

"瞧您那副高兴的样子，言不由衷。"

我的确是满脸愉快的表情。

……

十九日。天气预报台风快到了。也许是这个关系，手疼得更加厉害了，腿脚也愈发不灵便了。每天吃二三次飒子买来的杜尔辛，每次三片，总算减轻了疼痛。这种药是口服药，比止痛药容易吃一些，但由于属于阿司匹林类的药，一个劲儿地发汗，让人受不了。

下午，铃木突然打来电话说，台风来了，出行不便，今天想休诊一次。我让女佣回复说"好的"，便从卧室回到了书房。刚坐下，飒子就进来了。

"我来拿说好的东西了。现在就去银行，然后直接去帝国饭店。"

"台风要来了，非这个时候去不可？"

"趁着您还没改变主意，得把我想买的买了，尽快把那块石头戴在手上啊。"

"我既然答应了，就不会变卦的。"

"明天是星期六，一睡懒觉就取不了钱了。俗话说，好事要快做。"

其实，这笔钱我本来有别的用途。

我家好几辈以前就住在本所割下水，从父亲那代起搬到了日本桥区横山町一丁目。那是明治哪一年的事，我那时还小，记不得了。后来，大正^①十二年大地震后，又搬到了麻布狸穴的新居。盖起新居的是我的父亲。父亲于大正十四年、我四十一岁时去世了。过了几年，母亲也于昭和^②三年去世了。虽说麻布的家是新盖的，但据说那一带原先曾经是明治年间政友会的长谷场纯孝的宅邸，因此保留了一部分原来的老房子，其他的都重新翻盖了。父母将老房子作为养老居所，特别中意那里幽静的环境。战争期间又改建了一次，唯独老房子奇迹般地免于战火。因此，至今那里仍然保留着父母健在时的样子。老房子已经破旧不堪，无法住人，所以一直闲置着。我想把老房子拆掉，建成现代式样，作为我们自己以后的养老居所，但老伴对此一直持反对意见。她说，任意毁坏已故父母的隐栖之所是大不敬，还是尽可能地保留下去为好。可是，这样下去没有个头，我正琢磨着这几天强迫老伴答应这件事，请人来拆房子呢。现在的这所正房虽说

---

① 大正（1912—1926），日本年号。
② 昭和（1926—1989），日本年号。

全家人住也不算狭窄，但是对于实行我的种种不轨计划多有不便。名义上是翻盖养老居所，其实是想将我的书房和卧室尽量和老伴的卧室间隔得远一些，将老伴专用的厕所安在她卧室旁边。美其名曰"为了老伴用着方便"，还要在她的卧室旁边建一个纯日式的木质浴室。我专用的浴室是铺瓷砖、淋浴式的。

"老两口住的地方建两个浴室太浪费了吧。我无所谓的，和佐佐木、阿静她们共用正房的浴室就行。"

"我说老婆子，这算什么浪费啊。上岁数的人，不就喜欢舒舒服服地泡个澡吗？"

我想方设法让老伴尽量待在自己的屋子里，不出来四处乱转悠。我还想顺便也改建一下正房，将二层去掉，改为平房。可是，这不仅遭到飒子的反对，经费也不够。万般无奈，只好光翻盖老房子。飒子盯上的就是这笔费用的一部分。

"我回来了。"飒子早早地回来了，一副春风得意的样子，犹如凯旋的将军。

"这么快就回来了？"

她没有回答，伸出手来给我看。她的手心里有一颗猫眼石，果然非常漂亮。这就意味着我翻盖养老居所的空想化作了这柔软的手心里的一点。

"这有几克拉？"我拿在手里掂了掂。

"十五克拉。"

猛然间，我的左手又痛起来了，赶紧吃了三片杜尔辛。看着飒子那炫耀的神情，疼痛也变得无比地快乐。这比起翻盖养老居所要有意义得多了⋯⋯

二十日。随着十四号台风日益临近，每天风雨交加。尽管如此，我们还是按原计划早上出发去轻井泽。飒子和佐佐木陪我一起去，佐佐木乘坐的是二等车厢。佐佐木特别担心天气，说"再推迟一天比较好"，我和飒子都不同意。我们俩都神气十足的，根本不把台风放在眼里。这是猫眼石的魔力⋯⋯

二十三日。本打算和飒子于今日回京，可老伴说，学校要开学了，让我们再推迟一天，二十四日和大家一起回去。结果，和飒子两人旅行的乐趣化为了泡影。

二十五日。今天早上又该做牵引了，可因为没有效果，就决定不再做了。针灸也打算到月底停下来。……飒子才回来，今晚就去后乐园体育馆了。

九月一日，今天是二百二十日^①，但平安度过。净吉今天飞去福冈出差五天。

三日。秋意朦胧，阵雨过后，天空晴朗。飒子在我的书房里摆上了一盆高粱和鸡头的插花，还在玄关摆了一盆秋七草。我顺便又换了一幅字画，这回是装裱过的写在色纸上的荷风散人^②的一首七绝。

---

① 指立春后第二百二十天，约在九月十一日。该日为忌日，不宜出行。
② 永井荷风（1879—1959），明治时期小说家。"散人"是对文人墨客的雅称。

卜宅麻溪七值秋，

霜余老树拥西楼。

笑吾十日间中课，

扫叶曝书还晒裘。

荷风的字和汉诗虽说不算很好，但他的小说是我最爱读的书之一。这幅字是从一个画商那儿买的。不过，听说有一个人模仿荷风的字可以乱真，所以这幅字真假难辨。被战火烧毁之前，荷风一直住在离这儿很近的市兵卫町的一所涂了漆的木头洋房里，号称"偏奇馆"，故有"卜宅麻溪七值秋"一句。

四日。清晨五点左右，我迷迷糊糊听见不知从哪儿传来蟋蟀"嘟嘟"的叫声。声音虽然不大，却"嘟嘟""嘟嘟"地一直叫个不停。虽说已是蟋蟀鸣叫的季节，可在这个屋子里怎么会听得见呢？这所宅子的院子里偶尔也能听到蟋蟀叫，但在这间卧室的床上睡觉的时候听见蟋蟀叫，却有点不可思议。莫非有蟋蟀钻进了卧室？

　　我不由得回想起小时候的事。那时候还住在割下水，我大概只有六七岁，被奶妈搂在怀里睡觉时，总听见蟋蟀在套廊外叫个不停。它们躲藏在院子的石子路下或套廊的地板底下，叫声特别响亮悦耳。蟋蟀不像铃虫和松虫似的成群结队，总是单独活动。但每一只的叫声都很清脆，仿佛穿透到了耳朵里面。每当这时，奶妈便对我说："阿督，你听，已经到秋天了，蟋蟀在叫呢。好像在说'秋秋秋秋'似的。一听到这叫声，就到秋天了。"

　　听奶妈这么一说，我仿佛真的感觉冷风嗖嗖地钻进了我的白色睡衣的袖口里。我不喜欢穿浆洗得硬邦邦的睡衣，睡衣上总有股变质了的糨糊的甜酸味。那股气味、蟋蟀的叫声、秋天早晨硬邦邦的睡衣还残存在我模糊而遥远的记忆里。现在，我七十七岁了，黎明时分，只要一听到蟋蟀"嘟嘟"的叫声，就会联想起那糨糊味、奶妈说话时的表情和硬邦邦的睡衣。半梦半醒中，恍惚觉得自己就躺在割下水的家里，被奶妈搂着睡觉呢。

然而，今天早晨，随着脑子渐渐清醒，我才发现，原来这"嘟嘟"的叫声出自佐佐木在旁边床上睡觉的这间屋子。真是莫名其妙，这房间里怎么会有蟋蟀呢？按说门窗都关着，外面的声音根本听不见的，可是我确实听见"嘟嘟"的叫声了。

　　我心想，奇怪了，就又侧耳细听了一下。啊，原来如此，我渐渐明白是怎么一回事了。我一遍接一遍地仔细听着，没错，是这个声音，就是这个声音。

　　其实，我听到的并不是蟋蟀的声音，而是我自己的呼吸声。今天早上空气干燥，老年人的喉咙发干，加上有点感冒，所以每次呼吸，就会发出"嘟嘟"的响声。这声音也不知是从喉咙里还是从鼻腔里发出来的，反正是从某个通道经过时产生的"嘟嘟"声。这声音听起来不像是从自己的喉咙里发出来的，好像是从身体以外的什么地方传来的。我觉得那么可爱的"嘟嘟"声不可能是从自己身体里发出来的，怎么听都像是虫鸣声。可是，我试着呼吸了几下，果不其然，发出了"嘟嘟"声。觉得有意思，就又试了几次。越是使劲呼吸，声音就越大，跟吹笛子似的。

"您醒了？"佐佐木坐起了身子。

"你知道这是什么声音吗？"我又呼吸了一下。

"是老爷的呼吸声吧。"

"怎么，原来你知道啊？"

"知道啊，每天早上都能听见。"

"是吗？每天早上我都发出这种声音？"

"老爷不知道自己发出这种声音吗？"

"不知道。从前几天开始，一到早上就听见这种声音，迷迷糊糊地以为是蟋蟀在叫呢。"

"不是蟋蟀，是从老爷喉咙里发出来的。不光是老爷，上了年纪的人，喉咙容易发干，一呼吸，就会发出这种笛子似的声音。这对老年人来说是很正常的。"

"这么说你早就知道了？"

"是啊，最近每天早上都能听见。'嘟嘟'的，声音挺可爱的。"

"我想让老伴也听听。"

"太太听见过。"

"飒子听见了一定会笑吧。"

"少夫人怎么可能不知道呢。"

五日。黎明时分梦见了母亲。对我这个不孝儿来说真是新鲜事。大概是由昨天清晨做的蟋蟀的梦和奶妈的梦引起的。梦中的母亲是我记忆中最美丽、最年轻时候的样子。记不清是在什么地方了，大概是住在割下水的时候吧。她穿着出门时常穿的灰色碎花和服和黑绸外褂，好像正要出门，又好像正在某个房间里走动。她从腰带里拿出烟丝盒和烟袋抽了一袋，所以又好像是坐在起居室里。不知什么时候她来到门外，光脚穿着吾妻 ① 走路，她的头发盘成银杏卷，插着珊瑚头饰和珊瑚簪子，别着镶珍珠贝的玳瑁梳。发型能看得很清楚，却看不清她的脸。母亲是旧时的人，个子矮，只有五尺 ② 左右高，大概因为这个才只能看到她的头吧。不过，可

---

① 木屐。
② 日本长度单位，一尺等于十寸，约合三十点三厘米。

以肯定是母亲。遗憾的是母亲没看我，也没跟我说话。我也没跟她说话。也许是因为我怕跟她说话会挨骂，才没吭声吧。我猜想，她大概正在去横网那边串亲戚的路上。我只记得这一分钟的梦境，后来的都想不起来了。

醒来以后，我还在反复地回忆着梦中的母亲。或许曾有过这样的事：明治中期，明治二十七八年的一个天气晴朗的日子，也许是母亲从我家门前走过，在大街上看见了还是幼童的我。大概这幼年某一个时刻的印象又在我现在的梦里复苏了。然而奇怪的是，母亲还是年轻时的模样，我却是现在的老态。我个子比母亲高，所以俯视着母亲。尽管如此，我还是认为自己是幼童，母亲还是母亲，而且认定是在明治二十七八年的割下水。这种主观上的一厢情愿也许正是所谓的梦吧。

母亲知道儿子生了个叫作净吉的孙子。可是母亲在昭和三年，净吉五岁时就去世了，因此不可能知道嫁给孙子净吉的飒子。对于他们的婚姻，连我的妻子都强烈反对，如果母亲能活到净吉结婚的话，还不知道会怎么反对呢。总之，他们肯定是结不成婚的，不，净吉根本就不会考虑和一个舞女出身的人结婚的。然而，他们不仅结了婚，她自己的儿子——就是我——居然还被孙媳妇迷得颠三倒四，为了得到爱抚她的许可，竟以三百万为代价，给她买了昂贵的猫眼石。母亲要是知道了，一定会吃惊得晕过去吧。要是父亲还活着，我和净吉一定都会被逐出家门的。不过，要是亲眼看到了飒子的姿色，母亲又会怎么想呢？

据说母亲年轻时是个美人，我还依稀记得她当年的风采。直到我十五六岁的时候，母亲依然貌美如前。我回想着母亲年轻时的容貌，将她和飒子作了一番比较，发现她们相差甚远。飒子也是公认的美人，净吉也主要是因为这个原因才娶飒子为妻。从明治二十七年到昭和三十五年间，日本人的体格变化实在太大了。母亲的脚也很美。可是看了飒子的脚，才知道两人的美是完全不同的，简直不像同为人类的脚，不像同为日本女人的脚。母亲的脚小巧玲珑，能放在我的手掌上。脚上穿着草编面儿的木屐，走起路来，内八字得厉害。（我想起梦里的母亲穿着黑绸外褂，脚上却没有穿白色分趾短布袜。也许是特意为了让我看她的光脚吧。）不仅是美女，明治的女人都是那么脚尖朝内走路的，就像天鹅似的。飒子的脚像柳鲽鱼那样优美修长。飒子常常自豪地说："一般日本人的鞋太扁了，我穿着不合适。"而母亲的脚是扁平的。每次看到奈良三月堂的不空绢索观世音菩萨的脚，我总会想起母亲的脚来。这尊观音菩萨的个子不高，和母亲差不多。女人个子不到五尺并不少见。我也是明治年间出生的，个子比较矮，才刚刚五尺二寸。而飒子比我还高一寸三，有一百六十一点五厘米高。

化妆上也很不一样。过去人化妆十分简单。已婚的女人、虚岁十八九岁以上的女子一般都要剃掉眉毛，染黑牙齿。明治中期以后，这一习惯渐渐被废除，但我小的时候还是这样的。我至今还记得，染黑牙齿的时候铁浆散发出的特殊味道。飒子要是看到那时的母亲会作何感想呢？飒子把头发烫出波浪，戴着耳环，把嘴唇涂成珊瑚粉、珍珠粉、咖啡色等各种颜色，描眉，涂眼影，戴假睫毛，这还不够，还要在上面涂上一层睫毛膏。白天要画上深褐色的眼线，晚上还要再加上眼影，使眼睛显得漂亮。指甲的修饰也一样复杂，我实在是没耐心详细写了。同是日本的女人，六十多年的岁月里，却发生了如此之大的变化。我不由得惊讶地意识到，我也活了很久了，经历了这么多的变化。母亲如果知道自己明治十六年生下的儿子督助，依然活在这个世上，还不知廉耻地迷恋上一个叫作飒子的女人，而且这个女人还是她的孙媳妇，以被她虐待为乐，为了换取这女人的爱，不惜牺牲妻子和孩子的利益，该作何感想啊。母亲肯定万万没想到，从她去世那年的昭和三年算起，三十三年后，自己的儿子竟变成了这样的疯子，还把这种女人娶来做儿媳妇吧。不，就连我自己也万万没想到会变成这样。

……

十二日。……下午四点左右，老伴和陆子进来了。陆子好久没到家里来了。自从七月十九日遭到我的拒绝后，她就不再理我了。和老伴、经助他们去轻井泽时，她也故意没到家里来，而是在上野和他们会合的。前几天在轻井泽，她也一直尽量躲着我。今天却和老伴一起来，想必有什么缘故。

"前些天，孩子们多有打扰了。"

"有事吗？"我直截了当地问。

"没什么事……"

"是吗？孩子们很是活泼呀。"

"谢谢您。托您的福，他们今年夏天也玩得很开心。"

"大概是平时不怎么见的关系，发觉三个孩子一下子都长大了。"

这时，老伴插嘴道："先别说这个。陆子听说了一件有趣的事，想来告诉您。"

"是吗？"我猜她又是来跟我说些烦人的事。

"您还记得油谷先生吧？"

"去了巴西的那个油谷？"

"您还记得那位油谷先生的儿子吗？净吉结婚时，他们夫妇代替他父亲出席婚礼……"

"我哪能都记得呀。他们怎么了？"

"我也不太记得他们了。不过，油谷先生的儿子由于和矛田工作上的关系，最近走得比较近，两人经常见面呢。"

"说来说去，他们到底怎么了呢？"

"也没怎么。陆子说，上个星期日油谷夫妇说他们正巧在附近，就顺便去了矛田家。还说那位爱嚼舌头的太太说不定是为了汇报此事才去的矛田家。"

"此事是什么？"

"您还是问陆子吧。"

我躺在安乐椅上。本来并排站在我面前的这两个人，一屁股坐到了沙发上。陆子接着说了起来。她与飒子只差四岁，却已俨然一副中年妇女模样。她说油谷夫人话多，其实她也差不到哪儿去。

"前几天，我们从轻井泽回来的第二天晚上，就是上个月的二十五日晚上，后乐园有东亚次轻量级拳击锦标赛，您知道吧？"

"我怎么知道。"

"反正有比赛。日本次轻量级第一名的坂本春夫击败了泰国次轻量级第一名的悉力诺依·鲁库布拉库利斯，为日本首次获得了该锦标赛冠军的那场比赛呀……"

"悉力诺依·鲁库布拉库利斯"这么一长串名字，陆子竟然说得非常流畅，真是服了。我是根本不可能听一遍就记住，也不可能一口气说得下来的，肯定得咬舌头。真不愧是长舌妇。

"——油谷夫妇早早地入了场，想从垫场赛看起。油谷夫人右边与主看台之间空着两个座位，正式比赛快要开始时，只见一位身材苗条的夫人，一只手拎着一个驼色坤包，一只手甩着一把车钥匙进了场，坐在了他们右边。您猜猜她是谁？"

"……"

"油谷夫人说她只在婚礼上见过飒子。还说已经过了七八年，也难怪对方不记得她了。而且参加婚礼的人那么多，人家根本不会把她这样的人放在眼里的。但是她绝对忘不了飒子，因为她长得太出众了，美得让人过目不忘。而且，她现在比以前更漂亮了。油谷夫人还说，不过，觉得不跟飒子打个招呼不太合适，刚要问飒子，'您是不是卯木先生家的少夫人啊'，这时，又来了一位陌生男人坐在飒子身边。看样子是熟人，和飒子亲热地说着话，所以她就没跟飒子打招呼。"

"……"

"其实，我要说的还不是这个……反正不是什么好消息，那事还是待会儿让外婆跟您说吧……"

"哪有什么好消息啊！"老伴这时插嘴道。

"那件事还是让外婆跟您说吧，我就不说了。总之，那位油谷夫人最先看见的是飒子手上戴的那枚耀眼夺目的猫眼石戒指。因为飒子就坐在她右边，所以戴在她左手上的戒指看得一清二楚。据油谷夫人说，猫眼石不稀罕，但那么大个、那么漂亮的难得见到，足足有十五克拉以上。外婆说她从来没见飒子戴过这样的戒指，我也没见过。那么，她到底是什么时候买的呢？"

"……"

"我想起岸信介当总理大臣的时候，因为从法属印度支那还是哪儿买了猫眼石而招致非议。当时报纸上说，那石头价值两百万呢。在法属印度支那宝石比较便宜，所以那边是两百万的话，进口到日本后，大概还要贵上一倍吧。这么说来，飒子的猫眼石应该相当昂贵了。"

"那么贵的东西，究竟是谁在什么时候给她买的？"这时，老伴又插了一句。

"据油谷夫人说，反正那个石头实在太耀眼了，自己的眼睛都直了，不住地往那儿看。大概飒子也觉得不好意思，就从包里取出蕾丝手套戴上。可谁知不仅没遮住，反而显得更加光彩夺目了。因为那手套好像是法国产的手工蕾丝，还是黑色的——黑色更能衬托出宝石的光彩。或许飒子正是为了这个效果才戴上手套的。我说'您观察得可真细致啊'，夫人说，'因为飒子坐在我的右边，戒指戴在她的左手上，当然看得真切啦。'总之，夫人说她那天晚上根本没看成比赛，只顾看蕾丝手套里的戒指了。"

……

四

十三日。接着昨天的内容写。

"您说呢，老爷子。按说飒子不会有那么贵重的东西吧……"

老伴单刀直入地问道。

"……"

"我问您，什么时候给她头的？"

"什么时候买的有关系吗？"

"当然有关系啦。您怎么会有这么大一笔钱呢？您不是跟陆子说，最近花费太多，才不借钱给她的吗？"

"……"

"你所说的花费原来是这么回事呀。"

"对了，就是这么回事。"

听了我的话，老伴和陆子都惊讶得说不出话来。

"我就是有钱给飒子，没钱给陆子。"我来了个先发制人。突然，我又想出了一个好借口。

"老婆子，我打算翻盖养老居所，你不是反对吗？"

"当然反对了。我怎么会赞成您这么不孝的决定啊。"

"瞧瞧，多孝顺的儿媳妇呀，二老在九泉之下也会高兴的。不过不翻盖房子，这笔钱不就多出来了吗？"

"就算有这笔富余的钱，也不该给飒子买那么贵的东西呀。"

"这有什么，又不是给外人买，是给咱们的宝贝儿媳妇买的。二老地下有知，也会夸奖我干了件好事，真是他们的好儿子的。"

"翻盖房子的钱也不止这些呀，还有富余吧？"

"是啊，当然有，买宝石只用了一部分。"

"剩下的打算干什么用？"

"那是我的事，请不要干涉。"

"告诉我们您打算干什么，也好给您参谋参谋啊。"

"是啊，先为她做什么好呢？飒子说过院子里要是有个游泳池就好了，所以不如先给她修个游泳池吧。她不知道会有多高兴呢。"

老伴什么也没说，两眼都瞪圆了。

"游泳池一时半会儿也修不成啊，都已经秋天了。"陆子说。

"据说等混凝土干透需要时间，所以即使现在开工，也需要四个月才能完工。飒子都已经了解清楚了。"

"那竣工就到了冬天了。"

"所以说不用着急，慢慢地修，到明年三四月份完工就行。不过，真希望能早点完工，好早日看到飒子的笑脸啊。"

这下，陆子也沉默了。

"而且飒子不喜欢像一般人家的游泳池那么窄小的，至少要长二十米、宽十五六米的，否则没法进行她擅长的花样游泳。她说要单独表演给我看。就是说，她是为了给我表演，才要修这个游泳池的。"

"这事也还不错。自己家里要是有个游泳池的话，阿经也会高兴的……"

听陆子这么一说，老伴说道："她这个当妈的根本就不关心经助，连学校的作业都推给做家教的学生了。您也跟她一样不关心孩子，咱们家的孩子真可怜哪。"

"可是修了游泳池，阿经自然也会下去游泳了。让十堂的孩子们也多来游游泳吧。"

"当然可以啦，什么时候来都行。"

没想到让她们在这儿出了口气，我总不能说不让经助和十堂的孩子们来游泳吧。不过，学校要到七月下旬才放假，一到八月，把他们打发到轻井泽去就行了。关键的问题还是春久。

"那么修游泳池需要花费多少呢？"

我早就等着她们问这个问题了。可是，老太太和小老太太竟然都因为别的事情忘了问这个重要的问题，我松了口气。老伴和女儿的目的并不光是问这个，而是打算由猫眼石入手，一点点追问下去，先迫使我坦白买猫眼石的事情，让我无话可说，然后对飒子和春久的关系进行一番刨根问底。可是那样的话，问题就严重了，这种事又不好随便乱说。就在她们这么犹豫的工夫，我摆出了一副强硬无比的架势，她们到底也没再问下去。不过，她们早晚还会追究这个问题的……

十三日是大安。傍晚，净吉夫妇去参加朋友的婚礼。他们夫妇一同出门近来很少见。净吉穿着晚礼服，飒子穿着日式礼服。虽说是九月，天气还很热，飒子完全可以穿洋装，不知她为什么要穿和服去，这也是近来少有的。

"怎么样？爷爷，您看怎么样？"

"转过身去，再转一圈看看。"

白色一越绉绸质地的和服下摆上印有浓淡相间的墨色枝丫图案，四周以淡蓝色勾勒阴影，领口也隐约露出一圈天蓝色衬里。罗织袋带①也是以加银丝线的淡青色为底色，织有淡黄色和金色丝线的乾山②风格的陶绘花纹。腰带结打得较

---

① 织成双重的筒状和服腰带，多用于庄重场合。
② 尾形乾山（1663—1743），江户时代的画匠、陶工。

小，垂下来的部分比平时长些。再配上白底渐粉的腰带衬垫和金银线捻成的细绦绳。她手上戴着翡翠戒指，左手拿着一个小巧玲珑的白色镶珠手包。

"偶尔穿穿和服也蛮不错的，没戴耳环和项链就对了。"

"爷爷也很懂穿着啊。"

阿静拿着木屐盒跟在飒子后面进来了，她拿出木屐摆在飒子跟前。穿着拖鞋来的飒子，特意在我面前穿木屐给我看。木屐由银线织成，只有木屐带内层是粉红色的，底帮有三层厚。木屐是新的，夹趾的地方很难穿进去。阿静蹲下来帮着穿，弄得满头大汗才好容易穿了进去。飒子来回走了几步给我看。她最得意的就是穿上白色分趾短布袜后，脚踝不显得那么鼓。大概她是为了这个才穿和服的，为了让我看，才到我房间里来的吧……

十六日。近来每天都暑热难当。已是九月中旬还这么热，不太正常。大概是天气的关系，脚特别地沉，而且还浮肿起来，从小腿到脚背尤其严重。靠近脚趾的地方，用手一摁，陷进去很深，半天也不复原。左脚第四个脚趾和第五个脚趾完全麻痹了。脚趾肚肿得像葡萄似的，从小腿往上当然也肿了，但脚底肿得最厉害，感觉就像粘了块铁板一样沉重。不光是左腿肿，两条腿都肿了。走路时两条腿互相绊来绊去的，走不动路。坐在套廊上穿木屐时要费好大劲，一遍是穿不进去的。经常一晃悠，脚就踩到了沓脱石、门口、檐下以及茶室入口放鞋的石板上，有时还踩到了地上，把脚底弄脏。这些症状以前也有过，不过最近特别厉害。佐佐木很担心，每天让我平躺着，还让我双腿交叉，给我检查是否有脚气，好像脚气倒还没有。

她说："请杉田医生来给您好好检查一下吧。心电图好久没做了，也该做做了。这次浮肿的情况让人担心。"

今天早上又发生了一件事。佐佐木扶着我在院子里散步时，本来应该关在笼子里的柯利①，不知怎么搞的，自己跑了出来，突然向我扑来。柯利一定是跟我闹着玩的，可是我被

————————

① 犬种名，即柯利牧羊犬。

这突如其来的东西吓了一大跳，像遇见了猛兽似的。我来不及抵抗，一下子就被它扑倒，仰面朝天地躺在草地上了。虽说不算太疼，但后脑被磕了一下，脑袋里嗡嗡直响。我想要爬起来，可是好半天也爬不起来，靠着手杖，用了好几分钟才站了起来。柯利扑倒我之后，又扑向了佐佐木。听到佐佐木呀呀的尖叫声，飒子穿着睡衣跑了过来。

"莱斯利，干什么！"飒子瞪眼朝它喊了一声，柯利立刻就变得温顺起来，跟在飒子后面，摇着尾巴朝狗舍那边走去了。

"没伤着您吧？"佐佐木给我拍打着浴衣问道。

"没有。不过，被那么大的家伙撞一下，颤颤巍巍的老人哪站得住呀。"

"幸亏倒在草地上了。"

我和净吉本来都喜欢狗，也养过狗。但我们养的都是些像艾尔谷犬、猎獾犬和斯皮茨犬之类的小型犬，养大型犬是自从净吉和飒子结婚以后的事。记得他们结婚刚过半年，净吉说"想养条俄罗斯狼犬"，不久就弄来一条很漂亮的俄罗斯狼犬，还聘请了训狗师每天进行训练。从喂食、洗澡到梳毛都很费工夫，所以，老伴和女佣们抱怨个不停。不过，再怎么说净吉也要养这条狗，这也写在了我当时的日记里。但是后来回想起来，这肯定不是净吉的意思，多半是飒子唆使的，可我当时却没有意识到。两年后，那条俄罗斯狼犬因传染上犬瘟死了。这回她终于现了形，自己说要养条大狗，并托宠物店买了一条来。飒子给狗起名叫库珀，对它宠爱有加。她让野村开车，载着她和狗满街兜风，还经常牵着它在附近散步，以至于有人说少夫人对库珀比对经助还好呢。可是，后来那只库珀被别的老狗咬了，不久得了绦虫病，腹胀而死。第三次买来的是这条柯利。据血统书上说，它的父亲生于伦敦，名叫莱斯利，于是管它的儿子也叫莱斯利了。这些事在我当时的日记里都有详细记载。莱斯利也和库珀一样受到了飒子的宠爱。大概是陆子她们在老伴面前煽风点火的缘故，两三年前，认为家里面不宜养柯利这样的大型犬的意见开始出现了。

其理由是，说什么两三年前爷爷腿脚还硬朗的时候，被大狗扑一下也没关系。可现在情况不同了，甭说是狗了，就连猫扑上来大概都招架不住了。我家的院子里不全是草坪，还有一些斜坡、台阶和石子路，要是被狗扑倒在那样的地方，磕坏了可不是闹着玩的。现成的例子就有某某家的老人，只是被狼狗绊了一下就摔成了重伤，住了三个月的医院，到现在还打着石膏。所以老伴让我去跟飒子说说，不要养柯利了。她说自己也会委婉地跟飒子说的，但是她去说的话，飒子肯定不会听的。

"可是她那么喜欢柯利，不让养太可怜了……"

"是您的身体重要还是狗重要啊？"

"就算不养了，那么大的狗怎么处理呀？"

"肯定有喜欢狗的人家会要的。"

"小狗还好说，那么大个就不好养了，再说我也不怎么讨厌莱斯利。"

"您是怕飒子不高兴吧。您就不怕摔成重伤？"

"既然这样，你就去跟她说呀。如果飒子同意的话，我没意见。"

其实，事到如今老伴也没去跟她说。无论有没有这件事，"少夫人"的权威都早已渐渐凌驾于"老夫人"之上了。很可能会因为一条狗的问题闹得不可开交，所以老伴也不好轻易挑起争端。

说实话，我也不太喜欢莱斯利。仔细想想，我发觉自己也只是在飒子面前装着喜欢它而已。每当看见飒子带着莱斯利开车上街时，我心里就很不是滋味。如果是和净吉一起出去倒没什么，就算和春久一起我也认了，可是跟这条狗怎么争风吃醋啊？真让我撮火。加上这狗长得一副贵族相，举止优雅，比长得跟黑人似的春久还要英俊。飒子让它紧挨着自己坐在副驾驶座上，一边脸贴着它的脖子开车。她这副样子，路人见了也会觉得不舒服吧？

野村对我说："少夫人在外面并不是那样的，只是在老爷面前才这么做的。"

果真如此的话，说不定飒子是为了揶揄我而故意做给我看的。

我想起自己出于讨好飒子的心理，在她面前假装对莱斯利说话特别温和，还往笼子里扔点心给它吃。飒子见了立刻绷起脸来呵斥我说："爷爷您这是干什么呀？请不要随便喂它东西吃。——您瞧，它是经过专门训练的，不会吃您喂的东西的。"

说着她独自走进了狗舍，当着我的面，故意爱抚起莱斯利来，还跟它脸贴脸的，跟接吻差不多了。她得意地笑着，仿佛在说："您吃醋了吧。"

为了博得她的欢心，即使受伤我也在所不惜。要是因此而死，倒正合我意。只是，如果不是被她踩死，而是被她的狗踩死的话，我就无法忍受了……

下午两点杉田氏来出诊。其实也不一定非要今天，就因为发生了狗事件后，佐佐木立刻通知了他才来的。

"听说您受惊了？"

"哪里，也没什么大不了的。"

"我先给您检查一下吧。"

他让我躺下来，仔细检查了腰部和四肢。肩部、肘部和膝盖的关节痛是老毛病了，跟莱斯利没关系。好像没检查出被莱斯利伤了哪儿，真是万幸。杉田又听了好几遍心脏，检查了后背，还让我深呼吸，又用便携式心电图仪器做了心电图，然后对我说"基本正常，回头我把检查结果通知您"，便告辞了。

晚上，心电图的结果出来了。

"心电图结果并无异常。上年纪的关系，难免多少有些变化，但和上次相比情况差不多。不过，有必要再检查一下肾脏。"

二十四日。佐佐木说，今天晚上想请个假，去看孩子。从上个月到现在，她一直没有去，我只好同意。按说应该明天上午回来，可是明天正好是星期日。六、日两天连起来的话，佐佐木就能有时间和孩子多待一会儿。可这就得问问飒子的意见了。老伴自七月以后就说不再顶替佐佐木陪睡了。

"我没意见，她难得回去一次，就让她去吧。"

"你没关系吗？"

"为什么这么问呢？"

"明天是星期日呀。"

"我知道，那又怎么了？"

"你也许无所谓，可净吉这阵子不是经常出差吗？"

"是啊。怎么了？"

"他难得星期六、星期日在家。"

"您到底想说什么呀？"

"说不定他偶尔也想搂着老婆睡个懒觉吧？"

"您这位不良老人还有心为儿子着想啊。"

"赎罪呗。"

"净瞎操心。净吉没准还嫌您多事呢。"

"也可能吧。"

"好了，您就少操点心吧。我今晚会代替佐佐木去您那儿过夜的。爷爷起得早，然后我再回他那儿去不就得了。"

"那样会把他弄醒的，多可怜哪。"

"什么呀！他肯定睁着眼睛等我呢。"

"真说不过你。"

晚上九点半入浴，十点就寝。和上次一样，阿静又送来了藤椅。

"你还睡在那上面？"

"睡哪儿都无所谓。您就别管了，睡您的吧。"

"睡藤椅会感冒的。"

"我会让人多拿几条毛毯来的。阿静办事周全，会想着的，您放心吧。"

"要是害你得了感冒，就对不起净吉了。——不对，不光对不起净吉。"

"您真够烦人的，看样子又想吃阿达林了？"

"两片大概不起作用吧？"

"瞎说。上个月吃了两片特别管用，您马上睡得跟死人似的，张着嘴直流口水。"

"我的样子一定不堪入目吧？"

"随您去想象吧。不过，爷爷，我陪您的时候，您为什么不摘掉假牙呀？我知道您一向是摘掉睡的。"

"当然摘下来睡舒服了，可是摘了实在丑得不得了，老伴和佐佐木看见倒没关系。"

"您以为我没看见过？"

"你看见过吗？"

"去年您痉挛发作时，昏睡了半天时间，您忘了？"

"那次看见的？"

"其实有没有假牙都差不多，总想要遮丑才不正常呢。"

"我并不是要掩盖什么，是不想让别人不愉快。"

"您以为不摘假牙可以遮丑就错了。"

"那我就摘了它。——好了，你瞧瞧吧，我这张脸——"

我从床上站起来，走到她面前，冲着她摘去上下假牙，放进床头柜的假牙盒子里；然后故意使劲咬紧牙龈，尽可能使脸颊瘪进去，鼻子耷拉在嘴唇上边，就连黑猩猩长得也比我这张脸好看。我的嘴一张一合喀巴喀巴地磕着上下牙龈，在口腔里蠕动着黄色的舌头，做出吓人的表情给她看。飒子目不转睛地看着我的脸，忽然从床头柜的抽屉里拿出镜子举到我的眼前。

"您让我看您的脸，没什么意义，倒是您，仔细看过自己的脸没有呢？如果没看过的话，就请您看看吧。——您瞧，就是这副样子。"说着她把镜子支在我的面前。

"怎么样啊，这张脸？"

"是一张老丑得难以形容的脸。"

我看了看镜子里的脸，又去看飒子漂亮的脸蛋，怎么也无法相信这两张脸属于同一种生物。越是觉得镜中的脸丑陋，就越是觉得飒子这个生物无比地优秀。我遗憾地想，要是我的脸再丑一些就好了，那就更显得飒子漂亮了。

"行了，睡觉吧，爷爷。快回您床上去吧。"

"我想吃阿达林。"我一边往床边走，一边说。

"今天晚上也睡不着？"

"和你在一起总是会兴奋。"

"看见那样的脸还会兴奋吗？"

"看完那张脸，再看你的脸就更兴奋得不行了。这种心理你是不会明白的。"

"我是不明白。"

"就是说，我越丑，就显得你越漂亮。"

她心不在焉地听我说着，出去拿药去了，随后手指上夹了一根美国 KOOL 牌烟回来了。

"好，张大嘴巴。这药吃上瘾了可不好，今天晚上也吃两片吧。"

"嘴对嘴地喂我吃好不好？"

"说话之前最好先想想自己的脸。"

不过，她还是用手捏着药放进我的嘴里。

"你什么时候开始抽烟的？"

"最近偶尔在二楼偷偷抽。"

她打着了手里的打火机。

"其实我并不喜欢抽，不过，这也是一种装饰品啊。今天晚上抽一根去去刚才的药味。"

……

二十八日。……一到下雨天，手脚就疼得更厉害，从下雨前一天就开始隐隐作痛。今天早上一起来，手的麻痹、脚的浮肿和痉挛都加重了。因为下雨不能去院子里散步，只好在走廊上走走。可是也很费劲，颤颤巍巍的，随时可能摔倒似的，心里直怕一不留神会从套廊摔下去。手的麻痹已从肘部发展到了肩部，这样下去会不会半身不遂呢？从傍晚六点左右开始，手的冰冷感觉更加厉害了，仿佛泡在冰水里似的没有知觉。不，说是没有知觉，可要是冷到这种程度，也就和疼痛差不多了。可是别人摸我的手时，都说一点也不凉，和一般人的手的温度差不多。只有我本人感觉冷得受不了。以前也经常有这样冰冷的感觉，大多是在冬天最冷的时候，当然也不一定。不过像今天这样，九月份发病还没有过。按照以往的经验，感觉冰冷的时候，就用大毛巾浸透热水后把手和胳膊都包上，外面再裹上一层很厚的法兰绒，然后再放上两个银制怀炉。可十分钟左右还是会凉，于是再端来一盆热水放在我的床头，将毛巾热一遍再重新包上，如此反复五六次。热水总会变凉，便拿来热水壶，不断地往洗脸盆里加热水。今天也反复用这个方法才好容易减轻了冰冷感。

五

二十九日。昨晚由于浸泡了很长时间的热水，手痛有所缓解，才睡了个安稳觉。可是，早晨醒来后感觉又疼了起来。雨停了，天空十分晴朗。身体好的话，这样秋高气爽的日子该多么惬意呀。我已经有四五年没享受过这种清爽的好天气了。一想到这儿，心里又难过又气恼。服了三片杜尔辛。

上午十点量血压，降到了 105/58。听佐佐木的劝，我吃了两块咸饼干配一点奶酪，喝了一杯红茶。二十分钟后重量了一遍，升到了 158/92。这么一会儿工夫，血压变化这么大，可不太妙。

"请不要写得时间太长，又痛起来可怎么办？"见我在写日记，佐佐木劝阻道。我虽没让她读过日记的内容，但老是需要麻烦她，她大概也能猜到我在写些什么。说不定还得让她帮我研墨。

"稍微有点疼的时候，写写东西就忘了。疼得厉害就不写了。趁着这工夫，你正好可以忙你的，你去吧。"

下午一点开始午睡，迷糊了一个小时，醒来后浑身是汗。

"这样会感冒的。"佐佐木又进来给我换下了湿透的内衣。我的额头和脖子四周都黏糊糊的。我问她："杜尔辛倒是能止疼，可是老这么出汗，怪难受的，有没有别的药啊？"

下午五点杉田来出诊。大概是药劲过去了，手又剧烈地疼痛起来。

"老爷说，吃杜尔辛总爱出汗，太难受。"佐佐木对杉田说道。

"真是不好办哪。我跟你们说过好几次了，经 X 光检查证明，这种疼痛两三成是由脑中枢引起的，六七成是颈椎的生理变化引起的神经痛。要想治疗，只能通过活动床或牵引法来去除神经压迫，但这需要坚持三四个月。你们担心老年人身体受不了，是可以理解的，可是，这样的话就只能通过药物来暂时缓解了。药倒是不少，但是杜尔辛不行，诺布隆也不行，那就先打打腮腺激素针试试吧，应该可以暂时缓解一下痛苦的。"

注射之后感觉疼痛减轻了一些……

十月一日。手还在继续疼。小指和无名指疼得最厉害，往大拇指走稍微轻些，可渐渐地五根手指都剧痛起来。从手掌到手腕，从小指到尺骨的茎状突起和桡骨都疼了起来，手腕疼得连转都不能转。手腕的麻痹感最强烈，根本分不清是疼痛还是麻痹了。下午和夜间又打了两针……

二日。疼痛不见好。佐佐木和杉田商量，给我注射了匹拉比特鲁……

四日。我不愿意注射诺布隆，就试了试坐药，没什么效果……

九日。从四日到今天几乎一直手疼，没精神写日记，整天躺在床上。佐佐木不离左右地看护我。今天感觉好一些，想写写。这五天来，真是服用、注射了不少的药。比如匹拉比特鲁、易尔加比林，以及腮腺激素针、易尔加比林坐药、杜冷丁、溴米索拉，等等。服用的这些药名，佐佐木都告诉过我，可能除此之外还有一些，我一下子根本记不住。杜冷丁和布罗巴林等不是镇静剂，而是安眠药。我本来睡眠很好，现在却疼得睡不着，得吃各种安眠药。老伴和净吉经常来看我。

五日下午，是疼痛得最厉害的一天。老伴第一次过来看我时，对我说："飒子说，不知道该不该来看看您，正为难呢……"

"……"

"我就让飒子来看您了。我对她说，爷爷疼的时候，一看到她的脸，就不觉得那么疼了。"

"胡说！"我突然吼道。我自己也不明白为什么这么激动。也许是一想到被她看到我现在这副模样，太难为情了，才发火的吧。其实，自己心里也并非不想见到她。

"怎么，让飒子来看您，不好吗？"

"不光是飒子，陆子她们也最好不要来。"

"我知道。前两天，陆子来看您的时候，我就把她轰走了。我对她说，手再怎么疼，也不是要紧的地方，不用担心。让她最好还是别进去看了。陆子都哭了。"

"有什么好哭的。"

"五子也说要来看你，我硬是给拦住了。不过，飒子来有什么不好呢？怎么讨厌起飒子了？"

"混蛋！混蛋！混蛋！谁说讨厌她了，是太喜欢了。因为太喜欢了，才不愿意见的。"

"噢，原来是这么回事呀！我真的不知道。千万别生气，生气对身体最不好了。"

老伴像哄小孩似的说完，赶紧走掉了。我被老伴戳到了痛处，才恼羞成怒的。老伴走了以后，一个人静下心来想一想，也用不着发那么大的火。飒子要是从老伴嘴里听说了，会怎么想呢？我一个劲儿地担心。她能看穿我的五脏六腑，应该不至于误会我吧……

"对，还是见见她为好。这两三天找个机会提出来……"今天下午，我忽然这样想。今天夜里手肯定还会疼的——就好像我是在期待疼痛似的。我打算在最疼的时候，叫飒子过来。"飒子，飒子，疼死了，疼死了。救救我吧！"我打算像小孩一样哭叫起来。于是，飒子就会吃惊地跑进来。她一定会寻思："这老家伙，这么哭，真的假的呀？说不定打什么鬼主意呢。"接着故作吃惊，假装糊涂地跑进来。"我找飒子有事，别人不用进来！"我再叫唤着把佐佐木轰出去。只剩下我们两个人的时候，我该怎么说好呢？

"太疼了，救救我吧！"

"好的！好的！爷爷，您打算让我干什么呀？做什么都可以，您尽管说。"要是她这么说，当然是再好不过了，但这似乎不大可能。怎么才能让她照我说的做呢？

"你要是和我接吻，我就能忘了疼。

"吻脚不行。

"吻脖子也不行。

"非得是真的接吻才行。"

我就这样拼命要赖，放声大哭，叫唤个不停的话，会怎么样呢？就算是飒子也会不得不顺着我吧。要不近两三天内试一次看看好了。虽说要找个"最疼的时候"，其实也不一定非要等最疼的时候，装疼就行。只是胡子必须刮掉，四五天没刮了，满脸胡子拉碴的。虽说不刮更像个病人，效果反而更好，但考虑到接吻，这么乱蓬蓬的，很不方便。假牙也要摘掉，还要清洁口腔……

就在我这么胡思乱想的时候，傍晚开始，手又疼起来了。什么也写不下去了……

我扔下笔，喊起佐佐木来……

十日。打了一针 0.5cc 的易尔加比林。好久没感到头晕了，天花板直打转，柱子也成了重影。五分钟后恢复了正常。颈部有压迫感，吃了三份 0.1cc 的鲁米那后睡觉。

128

十一日。疼痛和昨天差不多，今天用了诺布隆坐药……

十二日。吃了三片杜尔辛，照例又出了好多汗……

十三日。今天早上好些了，趁此机会赶紧把昨天发生的事写下来。

晚上八点，净吉来卧室看我。最近他都尽量天黑以前回家。

"怎么样啊？好些了吗？"

"好什么呀！越来越厉害了。"

"可是，您还刮了胡子，看着挺精神的。"

尽管手疼，不方便用剃须刀，但我今天早上还是忍着刮了胡子。

"连刮胡子都费了半天劲。可是老不刮的话，更像个病人了。"

"让飒子来给您刮不就行了吗？"

净吉这小子，说这话是什么意思呀？不会是见我刮了胡子，就猜到了什么吧？其实他不喜欢家里人随便使唤飒子的。大概因为自己的老婆是舞女出身而有点自卑，才会这样的吧。不过，这更助长了"少夫人"的气焰。当然，她变成这样我也有责任，可净吉这小子身为丈夫，却从一结婚就处处迁就她。不知他们两个人的时候怎么样，反正在别人面前都是这样的。可是，即便再孝顺，他会真的愿意让自己的宝贝老婆去给父亲刮胡子吗？

　　"我不愿意让女人给我刮。"我故意逞强地说。不过我心里在想，当我仰靠在椅子上，让她给我刮脸时，能清晰地看到她鼻孔的最里面。她那薄薄的鼻翼红润透明，这该多美啊。

　　"飒子用电动刮胡刀用得不错，我生病的时候就是她给我刮的。"

　　"怎么，你也让她干这个？"

　　"当然了，刮胡子有什么奇怪的。"

　　"我以为这种事，飒子不愿意干呢。"

"不光是刮胡子，什么都可以让她为您做。什么都可以。"

"谁知道她做不做，你光对我说没用。你能当面命令飒子，一切都照父亲的吩咐做吗？"

"当然可以啦，我一定这么吩咐她。"……

不知他是怎么对她说的，当天晚上十点多，飒子突然来到我的房间。

"虽然您说不让我来，可是净吉非要我来，我就来了。"

"净吉去哪儿了？"

"他说出去喝一杯。"

"我真想见识一下净吉把你带到这儿，在我眼皮子底下命令你的样子。"

"他哪能命令我呀，早就躲出去了。——不过，我都听他说了。我说你在这儿碍事，出去找地方待着吧，就把他给轰出去了。"

"算了，不过还有一个碍事的人。"

"好的，我明白了。"佐佐木很识趣地离开了。

突然，我的手不失时机地疼了起来。从尺骨和桡骨的茎状突起到五根手指的指尖，整只手僵直得像木棍一样，无法弯曲。手掌内侧和外侧跟针扎似的一阵一阵地隐隐作痛，就像有蚂蚁在爬似的。不过不是那种轻微的疼痛，而是强烈的剧痛。而且，手冰得像插进米糠酱里似的，又凉又痛，凉得几乎没有知觉，又因而产生疼痛。这种疼痛旁人是体会不到的，跟医生说，也不会完全明白。

"阿飒！好疼啊！"我不禁叫了起来。不是真疼的话还真叫不出这种声音，装疼是发不出这么逼真的声音的。首先，我从来没有管她叫过"阿飒"，这次却很自然地叫了出来。我为此庆幸万分，尽管疼得受不了，心里倒挺高兴的。

"阿飒，阿飒，疼死我啦！"

我的声音就像十三四岁的顽童。这并不是故意装出来的，而是自然而然发出来的声音。

"阿飒，阿飒，我的阿飒哟！"

我叫着叫着哇哇大哭起来，鼻涕、眼泪和口水一齐吧嗒吧嗒地流了出来。"哇哇哇……"我并没有做戏，叫"阿飒"的一瞬间，我突然觉得自己变成了一个淘气任性的孩子，竟忍不住哭了出来，止也止不住。啊，我是不是真的疯了呀？疯子就是我这样子吧？

"哇哇哇……"

我心想，疯了就疯了吧，管不了那么多了。然而，就在这么想的一瞬间，我突然产生了反省之心，害怕自己真的疯了。然后，便开始做戏，故意装小孩耍起赖来了。

"阿飒，阿飒，哇哇哇……"

"行了，别闹了，爷爷。"

刚才一直害怕得默默瞅着我发疯的飒子，偶然和我对视了一眼，就马上看出了我内心的变化。

"装疯的话，就会真的发疯的。"她凑近我的耳朵，用非常镇静而低沉的声音冷笑着说道。

"看您刚才那副装疯卖傻的样儿，离疯也不远了。"她的语调里充满了嘲讽，仿佛在我头上浇了一盆凉水，"您到底想让我干什么呀？您老是这么哭，我能做什么呀。"

"好，那我不哭了。"我恢复了常态，若无其事地说。

"这就对了。我这个人很犟的。您跟我演戏，我就更不买您的账了。"

下面的事不用再啰啰嗦嗦地写下去了。总之，接吻又泡汤了。她只是让我张开嘴，从距离一厘米左右的地方往我嘴里滴了一滴唾液而已，嘴根本没碰着。

"好了，可以了吧。这还不愿意的话，就随您便了。"

"我刚才一个劲儿喊疼，没有骗你，真的很疼啊。"

"这下应该好点了吧？"

"疼死了。疼死了。"

"您又叫唤什么呀！等我走远了，您再自己一个人随便哭吧。"

"飒子，以后让我经常叫你阿飒好吗？"

"胡闹。"

"阿飒。"

"又是耍赖，又爱骗人，谁会上当呀。"她说完气鼓鼓地走了。

……

十五日。……今天晚上服用了巴比妥和普罗姆拉尔。安眠药也得不停地换着用，否则就没有效果。鲁米那对我已经根本不起作用了。

十七日。杉田建议请东大梶浦内科的梶浦博士来出诊。今天下午，博士来了。几年前，我脑溢血的时候，博士曾经来给我看过几次病，所以认识他。杉田给他详细介绍了我这几年来的病情，还给他看了颈椎和腰椎的 X 光片子。博士说，这方面他不是专家，不能确定左手的疼痛就是颈椎和腰椎引起的，但恐怕虎之门医院的整形外科的诊断是正确的。他先把片子拿回去给大学的专家看过后再作答复。不过，他说自己虽非这一科的专家，但也可以肯定左手神经系统不大正常。因此，如果不愿意打石膏，也不愿意上活动床和做牵引的话，就没有其他办法能够消除神经压迫了。那就只能像杉田医生一样靠药物来暂时缓解了。腮腺激素针剂是最好的，易尔加比林有副作用，不吃为好。他又颇为仔细地给我做了一番检查，然后带着片子回去了。

十九日。博士给杉田打来电话，告诉他说大学整形外科和虎之门医院的看法完全一致。

晚上八点半左右，有人没敲门就偷偷摸摸进来了。

"谁呀？"我问道，来人没有回答。

"谁呀？"我又问了一次。原来是经助穿着睡衣蹑手蹑脚地进来了。

"这么晚了，你来干什么？"

"爷爷，手疼吗？"

"小孩子不用担心这个，你该睡觉了吧？"

"我已经睡了，是偷偷跑来看您的。"

"去睡吧，去睡吧，小孩子别管闲事……"刚说到这儿，不知怎么搞的，我鼻子一酸，眼泪突然啪哒啪哒滚落下来。这和前几天在这孩子的母亲面前掉的眼泪性质完全不同。那次是哇哇大哭，老泪横流，而现在只掉出来几滴，挂在眼角上。我为了掩饰，赶紧拿起眼镜戴上，可镜片也立刻蒙上了一层雾，更让人尴尬。这下就没法对孩子遮遮掩掩的了。

上次哭说明自己疯了，这次哭说明什么呢？上次的眼泪也算是预料之中，而这次却是预料之外。我和飒子一样喜欢恶作剧。明知男人掉眼泪没出息，自己却泪窝子浅，一丁点小事就掉眼泪，还特别怕别人知道。年轻时，我总是喜欢装得冷酷无情，对老婆说话很刻薄。可是，只要老婆一哭，我马上就软下来了。所以，多年来，我一直尽量不在老婆面前哭出来。总之，在别人看来，我是个心地善良的人。其实，我多愁善感，动不动就爱哭，可同时还是个内心极其乖戾而薄情之人。我就是这么一个男人，突然听见可爱的小孩子对我说了几句安慰话，便掉下泪来，眼镜怎么擦也擦不干。

"爷爷，坚强些啊。再忍忍会好起来的。"

我把被子蒙在头上，来掩盖自己的眼泪和哭泣声。最让我生气的是，估计佐佐木也听见了。

"啊，马上就会好的……你快上二楼去睡吧……"我本想对经助这么说，可说到"快上二楼去"的时候，声音忽然嘶哑起来，自己也不知道说了些什么。我把被子蒙到头上，黑暗中，眼泪如洪水决堤般哗哗流了下来。经助这小子，怎么

137

还不走啊，还不赶快上二楼睡觉去呀。真可恶。我越生气，哭得越厉害。

过了约莫三十分钟，等眼泪完全干了之后，我从被子里探出头来一看，经助已经不在了。

"经助少爷可真懂事啊。"佐佐木说道，"他年纪虽然不大，却知道担心爷爷呢。"

"这孩子小小年纪却像个大人似的，真讨厌。我最讨厌小孩子这样了。"

"哎呀，您怎么这么说呀。"

"我说过小孩不许到病房来，可他还偷着跑来。小孩子就得像个小孩子才行。"

都这把年纪了，却在小孩子面前哭起来，这让我心里很恼火。虽说我本来就爱哭，可为这么点小事哭也太不正常了，说不准是死期临近的缘故吧，我暗想道。

······

二十一日。今天佐佐木给我带来一个好消息。佐佐木说，她以前在 PQ 医院工作过。昨天下午，她请了一个小时假去了品川看牙，在那家牙科医院偶然遇见了在 PQ 医院工作时认识的整形外科的福岛博士。在排队看病的时候，她和福岛博士交谈了二十多分钟。博士问她现在在干什么，她回答说在某某人家看护病人，由此谈到了老爷的手疼。她问博士，有没有什么有效的治疗方法，因为老人年纪大了，不愿意做牵引以及其他费事的治疗。博士说，其他办法也不是没有，但有一定的危险性，很有难度，需要一定的技术，所以一般的医生是做不了的，也不愿意做。不过，他说他能做，而且有成功的把握。这种病应该是颈椎综合征。要真是第六根颈椎有毛病的话，只要在其横突起处注射利多卡因就能阻断其交感神经，这样手马上就不疼了。只是颈部神经紧挨着颈部大动脉的后部，在不碰到大动脉的情况下把针扎进神经很难很难，万一伤到大动脉就危险了。除了动脉，颈部还有无数的毛细血管，要是不小心把利多卡因注射到某条血管，或者进了空气，就会导致病人呼吸困难。正因为有上述危险，一般的医生不采用这个方法。但博士说他敢冒这个险。

迄今为止，他已经给许多患者实施过这种手术，一次也没有失败，都成功了。所以，他有自信能够做好这个手术。我问他这个手术需要花多长时间，他说一天就行，手术只用一两分钟。只是手术之前需要做 X 光检查，加在一起，二三十分钟也就够了。由于是阻断神经，成功的话，疼痛就会立刻消除。他说只需要忍受半天，就可以轻松愉快地回家了。佐佐木问我，想不想下决心请他做这个手术。

"那位福岛博士可靠吗？"

"当然了。他是 PQ 医院整形外科的大夫，肯定是可靠的。他是东大毕业的医学博士，我很早就认识他了。"

"到底有没有危险哪？万一做坏了会怎么样呢？"

"既然他都那么说了，应该没有问题的。要不然我再去详细问他一下？"

"要真能如他说的一样，可再好不过了。"我先去问了问杉田的看法，他对此事持怀疑态度，不大赞成我做这个手术，"真有那么高明的技术吗？要是能做这种手术，简直太神了。"

二十二日。佐佐木去了趟 PQ 医院，找博士仔细询问了一番。博士做了很多专业的说明，具体说了什么，我也不清楚。博士说，就像他上次说的那样，他已经看过几十个这样的病人，都用这个办法轻松地治好了。所以，他并不认为这个手术像别人说的难得那么离谱。患者们也都没有感到不安或者害怕，都很轻松地接受了注射，病痛立刻消除，高高兴兴地回家了。不过，要是担心的话，可以请一位麻醉师到场，请他准备好氧气，以防万一。就是说，万一把药液或空气打进了血管的话，就马上把氧气管插入气管内输氧。一般患者都没做过这种准备，也没有出现问题。但如果是老人注射的话，他可以做一下这些准备，让我们不用担心。

"您打算怎么办？博士说绝不会勉强您的。您要是有顾虑，还是不做为好。他让您好好考虑一下……"

几天前的那个晚上，被小孩子的几句话意外弄哭了的事，还让我有些耿耿于怀。现在想来，总觉得是一个不吉的预兆。那天晚上自己哭得那么厉害，一定是死亡的预感在作怪。我表面上什么都不在乎，实际上胆小如鼠，干什么都小心翼翼。可现在居然听信佐佐木的话，打算去做那个危险的手术，确实有点不同寻常。说不定到头来，正是这一针置我于死地呢。

可是，我不是一直觉得什么时候死都无所谓吗？不是早已做好死的心理准备了吗？今年夏天，在虎之门医院听大夫说我颈椎得了癌症时，陪我同去的老伴和佐佐木都吃惊得脸色煞白，我却非常平静，连自己也没有想到能如此地镇定自若。想到自己的人生即将走到尽头，反而坦然了。既然如此，借此机会碰碰运气又有何妨？万一运气不好，也没有什么可惋惜的。像现在这样每天被手疼折磨，看见飒子也感觉不到任何乐趣，飒子也把我当成了病人，不正经搭理我了，这样活着有什么意思呀。一想到飒子，我就打算无论如何也要活下去。这回就撞撞大运吧，否则，活着也没有意义……

二十三日。疼痛还在继续，吃了杜冷丁睡下后，不一会儿又醒了，又让佐佐木打了一针镇静剂。

142

六点睡醒后，我又琢磨起昨天的那个问题来。

我不怕死，然而一想到我此刻正面临死亡——一想到死亡已迫在眉睫——这么想本身就令人害怕。可以的话，我希望就在这个房间里，在这张床上静静地躺着，亲人们围在身边（不要，还是没有亲人围在身边的好，尤其是飒子最好不在身边。"阿飒，这些年来，多谢关照了"，等等。说这样的告别话，一定很伤感，眼泪还会流下来，这样飒子也得跟着流泪装装样子。那样一来，自己会觉得难为情而不能痛快一死。倒不如我死的时候，飒子薄情地把我忘了，只顾自己去看拳击比赛，或是跳进游泳池里去玩花样游泳的好。对了，如果活不到明年夏天的话，就再也看不到飒子的泳姿了），不知不觉地像睡着了似的死去。我不愿意被送到那个没听说过的什么 PQ 医院的病床上去，不愿意被围在那些根本不认识的，也不知有多了不起的博士——什么整形外科的大夫、麻醉师、放射科大夫——中间，憋得喘不上气，死去活来的。光是置身于那样紧张的气氛之中，就死也死不了。当我上气不接下气，呼哧呼哧地喘息着，渐渐地不省人事，气管

143

里插上氧气管的时候，我将是什么感受呢？我并不怕死，可是受不了死亡时伴随而来的痛苦、紧张和恐惧。在临死的刹那间，自己七十年来所做过的坏事一定会像走马灯似的一幕幕出现在眼前。你这家伙干了这么多坏事，还想舒舒服服地死，想得倒美。受这份罪理所应当，活该！——我仿佛听见有人对我这么说。看来还是不去 PQ 医院的好……

今天是星期日，天阴，下雨。我犹豫不决，又和佐佐木商量了一番。佐佐木说，明天星期一，她先去拜访东大梶浦内科的梶浦教授，听听他的意见再说。她把福岛博士的话详细讲给他听，看梶浦医生怎么说。如果医生说可以注射就做，说绝对不要做就不做，她问我这样好不好。我说，好，就这么办吧。

二十四日。傍晚，佐佐木回来了。她汇报说，梶浦教授说他不认识 PQ 医院的福岛博士，而且也不懂外科，没有资格发表深入的意见。不过，既然他是东大出身的博士，又在 PQ 医院工作的话，至少是可以信任的，绝不会不可靠或是冒牌货。即便手术不成功，他也会采取万全之策以防万一的，所以还是应该相信那位博士。我内心希望教授不赞成，那样我就能心安了。可既然教授赞成，也只好做了。难道我注定将面临冒险的命运吗？难道无论如何也无法摆脱吗？我琢磨着，要是还能找到其他逃避的借口就好了，但最后还是决定去做那个手术。

二十五日。

"我听佐佐木说了，有没有危险呢？您现在疼是疼，可是不做那个手术，也肯定会慢慢好起来的呀。"老伴气急败坏地对我说。

"就算失败了也死不了啊。"

"就算死不了，昏过去半死不活的样子，也让人看着难受啊。"

"每天这么受罪，还不如干脆死了呢。"我格外悲壮地说。

"什么时候做手术？"

"医院方面说什么时候都行。既然决定了，越快越好，明天就去。"

"等一等，您总是那么性急。"老伴出去了，不一会儿拿来了高岛①。

"明天是先负，后天是佛灭，二十八日是大安，即'平安'。就定在二十八日吧。"

"你还真信这一套，我才不管什么佛灭不佛灭，越快越好。"我明知老伴会反对还是这么说。

"不行，就定在二十八日吧，到那天我陪您去。"

"你用不着去。"

"不行，我要去。"

"太太要是能去，我就放心了。"佐佐木说道。

……

二十七日。今天是佛灭之日。日历上写着"此日搬家、开店及其他皆凶"。明天下午两点，老伴、佐佐木和杉田医

---

① 高岛吞象（1832—1914，明治时期的易学大师）编的占卜日历。

生会陪我去 PQ 医院，三点开始注射。谁知今天也是一大早就疼得很厉害，注射了镇静剂。傍晚又疼起来，用了诺布隆坐药，夜里又打了呱替啶。这药是第一次用，虽说不是吗啡，可也是麻醉药的一种。好容易疼痛减轻，得以安眠。从今天开始，好几天不能执笔，几天后再根据佐佐木的看护记录补上吧。

二十八日。早上六点醒来。终于到了决定我命运的日子，我感到忐忑不安，非常兴奋。医生说要尽量保持平静，我就一直在床上躺着。早餐和午餐都是端到房间里吃的。我说想吃中国菜东坡肉，大家都笑我。

"看您这么有食欲，我就放心了。"佐佐木说道。

当然我并不是真的想吃，只是假装精神罢了。午餐是一杯浓牛奶、一片烤面包、一个西班牙煎蛋卷、一块奶油点心和一杯红茶。我本想去餐厅吃，说不定能见到飒子，但佐佐木说"您不能去"，拦住了我。

我只好乖乖听话。饭后午睡三十分钟，自然睡得也不踏实。

一点半，杉田来了，量了量血压，大致检查了一下。两点出发。杉田坐在我右边，老伴在左边，佐佐木坐在司机旁边。就在汽车发动的时候，飒子的希尔曼也发动了。

"咦，爷爷这是去哪儿呀？"飒子停下车问道。

"去 PQ 医院打个针，一个小时左右就回来。"

"奶奶也一起去？"

"奶奶说她得了胃癌，想要顺便去检查一下。她总是疑神疑鬼的。"

"就是。"

"你……"刚叫了一半，我赶紧改口道，"你去哪儿呀？"

"去有乐座。那我先走啦。"

我忽然意识到，自从"洗浴季节"过后，好长时间没见到春久那家伙了。

"这个月演什么片子？"

"卓别林的《独裁者》。"

希尔曼一阵风似的开走了。

我吩咐大家不要把这件事张扬出去，所以飒子应该是不知道的。不过，也说不定老伴或佐佐木已经告诉她了，她只是故意装糊涂吧。也许是为了给我打气，她才特意等我去医院的时候出门的。也可能是老伴吩咐她这么做的。不管怎么说，反正能见到她是件高兴的事。她是位装糊涂的高手，这不，又像平常一样大摇大摆地去有乐座了。——一想到老伴的这份良苦用心，我心里很不是滋味。

按约定时间到达了医院。我马上被送进了×××号病房，床头上挂着"卯木督助先生"的名牌，我只住今天一天的医院。然后我躺在运送病人的担架车上，穿过长长的水泥地走廊，被推进了X光室。杉田、佐佐木和老伴他们都跟了进来。老伴走得慢，连吁带喘地追着担架车。为了方便，我是穿着和服来的。老伴帮着佐佐木给我把衣服脱光。我躺在又硬又滑的台子上，按医生的吩咐把身体弯曲成各种姿势。从天花板上吊下来一个很大的摄影暗箱似的机器，正对着我的身体。操作台离得比较远，要操控这么大而复杂的机器，对准要拍摄的部位，很有难度，而且差一毫米都不行，调试起来很费时间。正是十月末，台上有些凉。我本来手就一直在疼，可能是太紧张了，现在竟不觉得冷，也不觉得疼了。先是向左侧卧，然后是向右侧卧，正面、后背、颈部，等等，拍了各种角度的照片。每次变换角度，都要调试那个暗箱，非常麻烦。医生让我在 X 光通过的瞬间憋一下气，和在虎之门医院拍片时差不多。

拍片后，又被送回 ×××病房，躺在床上。X 光照片很快就送来了，照片刚洗出来，还没干。福岛博士仔细看了片子后说道："现在开始注射吧。"博士说话间已经拿起注射有利多卡因的针管。

"请您站起来，到这边来，站着好打一些。"

"好的。"

我从床上下来，故意迈着稳健有力的步子，走到博士站的明亮的窗边。

"那么现在就开始了。一点也不疼，您不用担心。"

"我不担心，请不要有所顾虑。"

"那很好。"

我感到针尖扎入颈部。奇怪，怎么不疼也不痒啊？想必我的脸色也没变，身体也没有颤抖。我感觉自己十分平静。心里想的是"死了又怎么样"，可是并没有快要死的感觉。博士先在局部实验性地扎了一针，又把针拔了出来。无论打什么针都是这样的程序，并不只限于利多卡因。比如打维生素针也是这样。为了慎重起见，不把药液打进血管，要在注射之前，先把针头拔出来看一看有没有血液混进来。凡是谨慎的医生都不会掉以轻心的，况且又是这么重大的手术，福岛博士自然不会省去这一程序的。

　　"哎呀，不行。"这时，博士突然有些失望地说道，"我给许多患者打过这种针，一次也没有扎到过血管，今天不知是怎么搞的。您看，这针里面有血、大概是扎到毛细血管了。"

　　"那怎么办哪？要重来一遍吗？"

　　"不行，这种情况下，还是暂停为好。真是抱歉，请您明天再来一趟吧。明天一定会成功的，我还从来没有失败过呢。"

　　我放下了悬着的心，心想今天算是逃过去了，又多活了

151

一天。可是一想到明天，就觉得还不如干脆现在重打一针痛快呢，是死是活试试看。

"先生真是太谨慎了，才出那么点血，干吗那么害怕呀？"佐佐木小声嘀咕着。

"哪里，这才说明先生了不起呀。还请了麻醉师，以防万一。虽然谁都不想遇上那种情况，但仅仅因为一滴血就中止手术，一般人是很难做到的。这正体现了医生的医德。医生都应该有这样的责任心。今天我受到了很大的教育。"杉田说。

约好明天的时间后，我们马上打道回府。在车里，杉田还一个劲地夸赞博士的做法，佐佐木则不停地说"还不如干脆打了就完事了"。不过，两人都认为由于博士过于重视这次手术了，才会失败的。其实，若像平时那样，也不做那么多准备，轻松地扎针就好了。都怪博士太小题大做了。

"在颈动脉附近扎针太危险了，我一开始就不赞成，明天干脆别去了。"老伴说。

到家后，飒子还没回来。经助正在狗舍外面和莱斯利

152

玩耍。

我还是不得不在卧室吃了晚饭，躺着静养。手又疼起来了。

二十九日。今天和昨天同一时刻出发，去的人也全部一样。不幸的是，手术经过也和昨天完全一样。今天注射时也扎到了血管，注射器里进了血。越是准备得周密，博士就越是紧张，这倒让我们有些过意不去了。大家商量了一下，结论是，既然出现这样的不吉之兆，非常遗憾，还是暂时停止注射比较好，要是明天再失败的话，就麻烦了。博士看上去也不想再试了。这回我彻底放了心，松了口气。

下午四点回到家。壁龛里新换了一盆插花，琅玕斋①花篮里插上了雁来红和贵船菊，今天大概是京都的插花师傅来了。飒子是特意为我这个老人插的呢，还是为了做枕花②而特别用心地插的呢？挂了很久的荷风的字也换成了浪华逸民

———————————

① 饭家琅玕斋（1890—1958），竹编艺术家。
② 指装棺之前献在死者枕边的花。

153

菅楯彦[1]的作品。画面细长，上面画着点着长明灯的烛台。楯彦喜欢在画旁题汉诗和和歌。这幅画上还竖着题了一行万叶和歌[2]。

思念吾夫君，

而今在何方。

旅途路漫漫，

翻越名张山。

---

[1] 菅楯彦（1878—1903），画家，自称浪华逸民。浪华即大阪一带。

[2] 这首和歌为《从驾石上大臣作歌》，表达了妻子对远行丈夫的思念之情。

六

九日。去 PQ 医院以来已经过去十天了。老伴说很快会好起来的，还真有些见好了。虽说一直是靠着镇静剂才扛过来的，但也许是到了该好转的时候了，光吃药店买来的药就见了效，真是不可思议。我是个现实的人，见病情有所好转，就感觉可以去看看墓地了。今年春天以来，我一直惦记着这事，索性趁着这个时候，下决心去趟京都吧……

十日。……

"您总是这样，稍微好一点就待不住了，真叫人操心。再观察一段时间怎么样？在火车上疼起来怎么办哪？"

"已经基本上好了。今天都十一月十日了，京都的冬天早，再拖下去天气就冷了。"

"不一定非要今年去呀，等到明年开春再说好不好？"

"这事和别的事不一样，不是可以慢慢来的。这次去京都也许就是最后一次了。"

"又说这种话……您想让谁陪您去？"

"和佐佐木两人不太放心，让飒子也一起去吧。"

我去京都的主要目的其实在这儿，找墓地只是借口。

"不打算住南禅寺吗？"

"带着护士，住宿太麻烦，再说飒子也一起去。——飒子说，她在南禅寺住够了，还是饶了她吧。"

"反正飒子去了五子那儿也会吵架的。"

"打起来才有意思呢。"我故意和老伴抬杠。

"南禅寺永观堂的红叶很美，我已经好多年没去看了。"

"永观堂的红叶还没到时候，高尾和槙尾的红叶正红呢，可是我这腿脚也去不了。"

……

十二日。……我们乘下午两点三十分的第二回音号快车出发。老伴、阿静和野村送我们到车站。我坐在窗边，旁边是飒子，佐佐木坐在过道另一侧。可是车开起来后，飒子说窗边风太大，便和我对调了座位，于是我坐到了靠过道一边的座位上。不妙的是手又疼起来了，嗓子也发干。我说口渴，就让列车员拿来一杯茶，悄悄吃了两片事先放在兜里的止痛药。我怕她们两人知道了又要小题大做。血压是临出门时量的，高压154，低压93。上车后，我明显感到自己很兴奋，大概是因为好几个月都没跟飒子并排坐在一起了——尽管旁边还有个灯泡，而且今天飒子的穿着很有挑逗性。（她虽然穿的是素色套装，但里面的衬衣非常华丽，还佩戴了一条法国产的人造宝石项链，长长地垂在胸前。这种类型的国产项链也很常见，但她的项链扣上镶有各种宝石，这是国内做不了的。）我血压一高就尿频，一尿频血压就高，也说不清哪个是因，哪个是果。到横滨之前去了一趟，到热海之前又去了一趟。厕所离座位很远，每次走到那儿都踉踉跄跄的，快要跌倒似的。佐佐木陪着我，十分担心。排尿很费时间，第二次去厕所的时候，丹那隧道都过了，还没有尿完。等到好容易尿完，从厕所出来一看，都快到三岛了。回座位时差点摔倒，幸好扶住旁边的人才站住了。

"是不是血压又高了？"刚一坐下，佐佐木就问。她马上过来要给我诊脉，我生气地甩开了她的手。

一路上就这样折腾着，下午八点三十分总算到了京都。五子、菊太郎和京二郎都到车站来迎接。

"大姐，大家都来迎接，真过意不去。"飒子这么客套，真不像她。

"哪里，明天是星期日，大家都有空。"

出京都站时，要上好多级台阶，我感到特别吃力。

"外公，我来背您上台阶吧。"菊太郎在我面前蹲了下来，背过身去。

"笑话，我还没老到那个程度呢。"我嘴上逞强，可还是由佐佐木扶着我，硬着头皮一口气上了台阶，中间也没休息，累得直喘气。大家都担心地望着我。

"这次您打算待几天？"

"大概怎么也得一周左右吧。早晚会去你那儿打扰一晚的，今天先住在京都饭店。"

我懒得跟她唠叨，赶紧上了车。城山一家坐了另一辆车跟在后面也来到了饭店。

这是个两间挨着的房间，一间是双人间，另一间是单人间。这是按照我的要求预订的。

"佐佐木，你睡旁边那间屋子，我和阿飒住这间。"我故意当着五子他们的面这样称呼飒子，五子显得很惊讶。

"我想一个人睡，爷爷和佐佐木一间吧。"

"为什么呀？一起睡有什么不好？在东京的时候不是经常这样睡吗？"我故意说给五子听。

"佐佐木就睡在隔壁，尽可以放心啊。好不好，阿飒和我一起睡吧？"

"不能抽烟，我可受不了。"

"你随便抽，我不管。"

"可是佐佐木要骂我的。"

"爷爷本来就咳嗽得很厉害。"佐佐木接着话茬说，"您要是在旁边抽烟，爷爷会咳个不停的。"

"服务生，请把那只箱子拿到这个房间来。"飒子不管不顾地径直向单人间走去。

"您的手已经全好了吗？"一直在一旁吃惊得直眨眼睛的五子好容易才插上了话。

"好什么呀，现在还疼呢。"

"是吗？外婆信上说您已经好了。"

"我对老婆子是这么说的，否则不会让我出来。"

飒子从房间里出来了。她脱去风衣，换了件衣服，又换上了一条三串式的珍珠项链，还重新化了妆。

"我肚子饿了。爷爷，我们快点去餐厅吧。"

五子他们已经吃过了，只有我们三人在餐桌就座。给飒子要了杯莱茵葡萄酒。飒子喜欢吃生牡蛎，她说这里的牡蛎产自矢湾，没有污染，吃了好多。饭后在大厅里和五子他们聊了一个小时左右。

"饭后可以抽一支吧？佐佐木，这里空气流通，不会呛的。"

飒子从手包里拿出一支 KOOL 抽了起来。她平时都是直接叼在嘴里的，今天稀罕地加了个烟嘴。这是个细长的大红色烟嘴。为了颜色协调，她的指甲油也涂得比平常红，唇膏也一样。她的手指又嫩又白，我猜她是有意想在五子面前炫耀一下这红白映衬的效果吧。

十三日。上午十点去了位于南禅寺下河原町的城山家，飒子和佐佐木陪我前去。这是我第二次去城山家，第一次是什么时候去的已经记不得了。

城山家本来住在吉田山，当时还经常来往。

女婿桑造一死，五子他们搬到这儿来以后，我就很少来了。今天是星期日，菊太郎在百货公司上班，不在家。在京都大学读工科的京二郎在家。飒子说，陪爷爷去看墓地也没什么意思，她就不去了。想去四条大街的桐生和高岛屋①买东西，下午想去高雄那边看红叶。她觉得一个人去太无聊，

① 均为百货公司名。

就问有没有谁能给她当导游。京二郎说"当导游要比找墓地容易，我陪你去吧"，于是飒子和京二郎先走了。我、五子、佐佐木三人午饭吃的是瓢亭的半月盒饭。吃完饭，决定去鹿谷的法然院、黑谷的真如堂、一乘寺的曼殊堂一带转悠。晚上，在嵯峨的吉兆和飒子他们，还有菊太郎共进晚餐。

我的祖上最早在江洲[①]，商人出身，从四五辈前移居到江户。我也是在本所割下水出生的，所以当然算是纯粹的老江户了。可是，我不大喜欢现在的东京，而喜欢京都，因为京都能使我想起东京从前的风情。今天的东京之所以变成如此庸俗、杂乱的都市，不正是那帮乡巴佬出身的、不了解东京从前风貌的、所谓政治家之类的人干的吗？把日本桥、铠桥、筑地桥和柳桥下面流淌的清澈的河水变成黑乎乎的臭水沟的，不正是那些家伙吗？不正是那些没见过隅田川里曾经白鱼成群的家伙们干的吗？虽说人死了以后埋在哪里都无所谓，可是我不愿意把自己埋在现在的东京这样令人不快的、

---

① 位于关西地区，滋贺县的古国名。

与自己已经毫无关联的土地里。可能的话，甚至想把父母和祖父母的墓地也迁到东京以外的地方去。其实父母和祖父母现在也没有埋在最早下葬的地方。祖父母的墓地本来是在深川的小名木川附近的法华寺，可是不久那一带成了工厂区，寺院便迁到了浅草的龙泉寺町。后来那一带又在大地震中被烧毁，便迁移到了现在的多摩墓地。也就是说，先人们自从埋在东京、化成白骨后，还被这样迁来迁去的。从这一点考虑，京都是最安全的了。虽说祖上就是老江户了，不过再过五六代谁知道会怎么样呢。况且我家祖上最早就是从京都一带出来的。总之，如果埋在京都，东京的亲人也可以经常来玩。"啊，爷爷的墓地大概是在这儿吧。"路过这里时，还会给我上一炷香。这比埋在与老江户无缘的北多摩郡的多摩墓地要强得多了。

"这么说来，法然院是最合适的地方了。"五子一边下曼殊院的台阶，一边说。

"想要散步时顺便看看的话，曼殊院离得太远。而黑谷的话，去扫墓还得爬上那个坡。"

"我也这么觉得。"

"法然院现在在市中心，市营电车就从旁边经过。疏水①樱花盛开的时候尤其热闹。但是，只要一进寺院，便异常肃穆，使人心情自然而然平静下来，这是别的地方比不了的。"

"我也不喜欢法华宗，想改为净土宗，可不知人家是否会分块墓地给我们。"

"我经常去法然院散步，跟寺里的和尚很熟。前几天问过他们，他们说如果有这个愿望的话，可以给我们划一块墓地。还说不一定非得净土宗，日莲宗也行。"

找墓地就算告一段落。我们从大德寺往北野去，然后从御室经释迦堂和天龙寺到达吉兆。时间还早，飒子他们和菊太郎都还没到。我们先在别的房间休息了一会儿。不久，菊太郎先来了。六点半多，飒子他们也来了。飒子说他们回了趟京都饭店才来的。

"您等了半天了？"

———————————

① 位于京都，是观赏樱花的胜地，河道两岸樱花遍开。

164

"是啊。你们回饭店干什么？"

"换了件衣服，怕晚上冷。爷爷也小心别感冒。"

我猜她是想早点穿上从四条大街新买的衣服吧。她穿了件白色罩衫，还套了件织有银蓝丝线的毛衣。戒指也换了，不知她是怎么想的，居然戴上了那颗惹眼的猫眼石。

"墓地选定了吗？"

"大致定在法然院了。寺院方面也同意了。"

"太好了。您什么时候回东京呢？"

"哪有那么快呀。还要请寺里的石匠来商量墓碑的式样呢，没你想的那么简单。"

"爷爷不是专门研究过川胜①先生的石雕美术的书吗？您还说过墓地最好是五轮塔②式的呢。"

"我的看法有些改变，不用五轮塔也行。"

"我可不懂什么样的好，反正跟我一点关系也没有。"

---

① 川胜政太郎（1905—1978），日本石刻美术研究家，著有《日本的美术——石造美术》等。
② 日本平安中期出现的舍利塔之一。将密教所称地、水、火、风、空五大"色法"，分别以方、圆、三角、半圆、宝珠形五轮，自上而下堆积而成。

"这可不见得呀。跟你——"我赶紧打住,"跟你有很大的关系呢。"

"跟我有什么关系呀?"

"马上你就会明白了。"

"总之,请赶快决定下来,我想早点回东京呢。"

"干吗这么急着回去呀?看拳击?"

"差不多吧。"

五子、菊太郎、京二郎和佐佐木四个人的目光不约而同地聚集到了飒子的左手无名指上。飒子并不觉得有任何尴尬。她侧着身子坐在坐垫上,猫眼石在她的膝盖上闪闪发光。

"舅妈,这就是猫眼石吗?"也许是怕冷场,菊太郎突然问道。

"是啊。"

"这个石头值几百万吗?"

"怎么能叫石头呢?这可价值几百万哪。"

"能让外公拿出几百万来,舅妈真有办法呀。"

"我说,菊太郎,别舅妈舅妈的。阿菊也不是小孩子了,不应该再叫我舅妈了。再说，我们才差两三岁。"

"那该叫什么呀？大三岁也是舅妈呀。"

"别叫舅妈，叫我阿飒就行了。阿菊和阿京都这么叫吧，要不然，不理你们啦。"

"舅妈——哎呀，又叫舅妈了——舅妈虽然这么说，可是净吉舅舅该生气了。"

"净吉怎么会生气呢？他要是生气的话，我也跟他生气呀。"

"外公可以叫阿飒，让我家的孩子也这么叫好像不大合适吧。折中一下，就叫飒子吧，这样比较好。"五子不高兴地说道。

医生严禁我喝酒，五子不能喝，有点酒量的佐佐木又不敢多喝，只有飒子和菊太郎兄弟三个人喝得很起劲，快九点才吃完饭。飒子送五子他们到南禅寺后回了饭店，我和佐佐木因时间太晚就住在吉兆了。

十四日。上午八点起床。早饭吃的是释迦堂旁边的外卖嵯峨豆腐，还用塑料袋带上两块。十点左右，带着用塑料袋包的豆腐，叫上五子一起去拜访法然院。飒子说今天要给花见小路的茶室打电话，约上祗园的两三个艺伎一起吃午饭，是今年夏天和春久来京都时认识的。然后和她们一起去京极的 S·Y 京映影院看电影，晚上拉她们去舞厅跳舞。我与五子介绍的法然院住持见了面，然后立即请他带我们去看墓地。寺院里果然如五子说的一样，十分幽静。以前我也来这儿逛过，但还是没想到，热闹的城市之中竟会有如此幽静之所。这景致，光是看看就大大超过垃圾场似的东京。我觉得定在这里的确不错。回来的路上，和五子在餐馆吃了点东西，两点左右回到饭店。三点左右，住持介绍的石材店老板就来了。我们在大厅见了面，五子和佐佐木也在。

关于墓碑的式样我有许多方案，正为不知用哪个好而犯愁。其实死了之后，埋在什么样的石头下面都无关紧要，可是我还是特别在意这个问题，并不是在随便一块石头下都行。至少，什么事情都不愿随大流的我看不上现在流行的那类式样。在千篇一律的长方形的平板石头上刻上法名或俗名，下面垫上底座，再在上面凿出放香和洒水器皿的圆洞，这太平凡、太俗气了。我还是想要五轮塔式的，不用太古老，像镰仓后期的那种式样就行。尽管与父母和祖父母的墓碑式样不同，会有些不敬。比如，川胜政太郎介绍过的，位于伏见区竹田内田町的安乐寿院的五轮塔就不错。水轮下部呈细腰壶形，火轮的翘檐很厚实，风轮和空轮的形状都是镰仓中期向后期过渡时的典型代表。

此外还有缀喜郡宇治田原存禅定寺的五轮塔，这是典型的吉野时期①的作品。这种式样曾经流行于南方的大和文化圈内，也挺不错的。

这时，我又想起了一件事。川胜先生的书里写着，上京区千本上立卖上街北口的石像寺里有三尊阿弥陀石佛。中间的一尊为定印弥陀坐像，左右两侧分别是观音和势至的立像。这三尊佛像的照片在书上是分开的。从弥陀坐像到观音

_____

① 日本南北朝时代的别称。

和势至立像都很美。观音像有些破损，但是势至像保存得完好无缺。势至和观音身上的衣饰相同，从正面的宝冠到璎珞、天衣①和光环等都细腻地刻画了出来。宝冠正面刻着宝瓶，势至菩萨双手合掌而立。书上写道："此尊佛像所体现出的花岗岩石佛之美，世所罕见。（中略）中尊背后刻有记载，该佛像于元仁②二年建造开光。在把佛像、底座和光环刻在一块石头上的石佛中，这一尊是全国年代最古老的。而且它还是镰仓时期石佛的标准式样，从这个角度来说，也是宝贵的遗产。"我看着这尊石佛的照片，忽然想到，如果把菩萨像刻成飒子的样子，假装成观音或者势至，来做我的墓碑，不知是否可行。反正我不信神不信佛，没有所谓的规矩。如果说我敬神信佛的话，那只能是飒子，埋在飒子的立像之下是我最大的愿望。

问题是如何实现这个愿望。不能被飒子本人、净吉和老伴，总之，不能被任何人看出来。这样，就不能酷似飒子，

---

① 指佛身上穿的薄布做成的衣服。
② 元仁（1224—1225），日本年号。

但又要隐约地有她的感觉。石材上我不想用花岗岩，打算用材质较软的松香石。这样线条就不会过于鲜明，可以表现得朦胧一些。最好是只有我自己，只有我一个人能感觉出是飒子，别人都感觉不出来。这也并不是完全办不到。但麻烦的是，必须告诉雕刻者原型是谁。那么，请谁来刻比较好呢？谁会接受这个有一定难度的工作呢？技术平庸的雕刻者可干不了这活，可不幸的是我没有一个雕刻家朋友。即便有这样的朋友，就算他技艺高超，当他知道了我制作那样的石碑的目的后，还愿意帮这个忙吗？他还愿意帮助我实现这个亵渎神明的疯狂想法吗？这个人越是个优秀的艺术家，说不定越会坚决地拒绝吧？（再说，我也不会恬不知耻地求人家做这种不光彩的事。人家会以为这个老家伙一定是疯了，那就太难堪了。）

我想来想去，终于想到了一个也许可行的好办法。如果是在石材表面深雕菩萨像的话，需要请雕刻专家，但如果只是浅雕的话，一般工匠也可以胜任。比如，川胜先生的书里就有一张上京区紫野今宫町的今宫神社的线雕四面石佛的照片。书中记载："石材产自加茂川，为一种叫作漏石的硬砂岩，质地细密，约二尺见方，四面刻有线雕的四方佛。雕法称为凿雕。""佛像完成于平安后期天治①二年，为我国石佛中首屈一指的、具有古老纪年铭的佛像。"书中还展示了分别刻在四面的四方佛，即阿弥陀如来、释迦如来、药师如来和弥勒菩萨等的坐像拓本。此外，书上还有一幅蜻蛉石线雕阿弥陀三尊之一的势至菩萨坐像的拓本。书中写道："如本书插图所示，硬砂岩质地的自然石材上的三尊高大的线雕佛像是来迎的姿态，但这里只展示了其中保存得最完好、容貌比较清晰的势至像。作为弥陀像的侍像，（势至）缓驾祥云，身体微倾，自天界下凡的姿态十分优美。他合掌跪坐、天衣飘飘的样子体现了来迎艺术盛行的平安末期的氛围。"如来的坐像都是男式结跏趺坐，而这尊势至菩萨则像女性那样双膝并拢跪坐。我尤其对这尊菩萨像着了迷……

---

① 天治（1124—1126），日本年号。

十五日。接着昨天的写。

我不需要四面佛，有势至一面佛足矣。就是说，不用四方形的石头，只需要能在正面刻菩萨的稍厚的石头就行。在背面刻上我的俗名，必要的话加上法名及享年即可。我不太懂凿雕这种雕法。小时候赶庙会，大马路上会摆出很多卖护身符的摊子。摊主在铜铅合金的护身符上用凿子样的刻刀吱吱地刻上小孩子的住址、年龄和姓名等，然后用极细的毛笔在雕刻处写上字。凿子应该指的就是那种刻刀吧。要真是的话，看上去好像也不是什么特别难的技术。而且，这样一来，就可以不让雕刻的人知道原型是谁了。我打算先找个奈良一带懂绘画的雕刻工匠，照着今宫神社的四面石佛，把线雕的势至菩萨像临摹下来。然后给他展示飒子各种姿势的照片，让他把菩萨的面容、身体和四肢不露痕迹地画得与飒子相似。再把这张画像拿给凿石工匠，让他照着画像来雕成线雕。这样一来，就能制成我希望的石像，也不用担心我心中的秘密被别人看出来了。我便可以躺在头戴宝冠、胸佩璎珞、身披天衣的飒子菩萨像下长眠了。

我和石材店老板从三点谈到了五点，也不管五子和佐佐木在旁边坐着，就在饭店的大厅里谈个没完没了。我当然没有把以飒子为原型的事情透露给石材店老板和五子他们，只不过根据从川胜书中得来的知识，展示了一番自己对石像美术的渊博学识。诸如有关平安朝和镰仓朝的五轮塔的知识、有关今宫神社的线雕四面佛的如来佛像和菩萨像的知识、有关双膝并拢跪坐的蜻蛉石线雕势至菩萨像的知识，等等。他们都听得目瞪口呆。不过，飒子菩萨像的计划仍然深藏在我心里，对谁也没有透露。

　　"那么，到底您决定采用哪种墓碑式样呢？您的知识太渊博了，连专家都不如您知道的多呢。我就更提不出什么可供参考的建议了。"最后，老板问道。

　　"我自己现在也没拿定主意，而且现在我又有了新的想法。请让我再考虑两三天吧，等我决定后请您再过来一下。百忙之中，耽误您的宝贵时间了。"

　　石材店老板走后，五子也回去了。我回到房间请人来按摩。

吃完晚饭，我突然想起个事，就叫了辆车。

"这个时间您要去哪儿呀？夜晚太凉，明天去不行吗？"佐佐木吃惊地阻拦道。

"不太远，走着都能到。"

"走着去？那怎么行啊。临来时老夫人一再嘱咐我说，京都晚上很凉，要您千万保重身体。"

"我必须买件东西，你跟我一起去，五到十分钟就完事。"

我不顾佐佐木的劝阻，出了门，佐佐木只好慌忙追了出来。我要去的是河原町二条东口的笔墨商店竹翠轩，离饭店不到五分钟的路程。我坐在店里和熟识的店主人寒暄之后，买了一块小拇指大的中国产的上好朱墨，花了两千元。还花了一万元买了一台据说是已故的桑野铁成先生使用过的带紫斑纹的端砚和二十张镶金边的大张白唐纸色纸。

"好久没见了，您还是那么精神。"

"哪里，差得远了。这次来京都就是找墓地的，省得到时候现找。"

"您真会说笑话，瞧您这身子骨多硬朗啊。——您还想要什么，有郑板桥的字，想看看吗？"

"不怕您笑话，我想买样特别的东西，不知您店里有没有。"

"什么东西？"

"请您帮我找二尺红绸子和一团缝被子用的棉花。"

"真是新鲜，您打算干什么用？"

"临时想要做个拓石像用的拓棒。"

"明白了，是做拓棒呀。您要的东西应该有，我叫老婆去找。"

两三分钟后，夫人从里面拿着红绸子和棉花出来了。

"这样的可以吗？"

"可以，可以，正合适。多少钱？"

"这还要什么钱哪。这东西有的是，您要用尽管来拿。"

佐佐木完全搞不清我打算干什么用，只是吃惊地看着。

"好了，事情办完了。回去吧。"

我很快钻进了汽车。

飒子还没有回饭店来。

十六日。今天一天在饭店休息。到京都这四天来，活动量比平时大多了，其间还写了几篇很长的日记，所以我自己也想休息一下。另一方面，来之前就说好要给佐佐木放一天假的。佐佐木是埼玉县人，从来没到关西这边旅行过。因此她早就盼着来京都，希望能在京都期间让她去奈良看看。我也有自己的小算盘，就特意安排她今天去，并且让五子给她当导游。五子也好久没去奈良了，我就劝她借此机会去转转。五子性格内向，一向不太喜欢出门。桑造活着的时候，夫妇俩也很少出去旅行。我对她说，至少要去看看奈良的各个寺院。这样各处走走，也好对我选择菩提所指家族世代皈依、进行丧葬供奉等事宜的寺院有个参考。我为五子她们包了一天的车，还叮嘱她们说，这样可以中途去宇治的平等院，然后去奈良参观东大寺和新药师寺，还有西京的法华寺和药师寺等。一天的时间很紧，可能有些赶，所以要带上海鳗寿司，一早就出发。上午参观东大寺，中午就在附近的茶馆吃自带的盒饭。下午去新药师寺、法华寺和药师寺等。现在白天短，要尽量赶在天黑以前游览完，然后在奈良饭店吃了晚饭再回来，晚点回来也没关系。我这里就不用她们担心了。今天飒子在，她一天都不出门，在我房间陪我。

早上七点，五子坐着那辆包车来接佐佐木。

"早上好，外公总是起得那么早。"说着，五子打开包袱，从里面拿出两个竹皮卷放在床头柜上。

"这是昨天买好的海鳗寿司，就顺便给你们带了些来。您和飒子当早点吃吧。"

"谢谢了。"

"奈良有什么东西要买吗，像蕨菜馅饼什么的？"

"那些不用买。去药师寺的话，记着请个佛足石回来。"

"佛足石？"

"对，就是刻有佛的足印的石头。释迦牟尼足是非常灵验的。佛行走时，脚离地四寸，脚底有千福轮之相，足下的各种虫子可以七日幸免于难。中国和朝鲜也都保存有刻在石上的佛足印，日本的保存在奈良的药师寺，你们务必去看一下。"

"知道了，我们走了。那我今天就带佐佐木小姐逛一下，您也不要太累了。"

"早上好。"飒子睡眼惺忪地来到我的房间。

"今天实在不好意思，吵了少夫人的觉了。该死，该死。"佐佐木一连串地说了好些客套话，然后和五子走了。

飒子穿着睡衣，外套蓝色绣花睡袍，脚上是同样蓝底绣粉花的缎面拖鞋。她不愿意睡佐佐木的床，从自己房间拿来枕头，腿上盖了我外出时用的、白底黑红蓝三色粗格图案的护腿毛毯，躺在沙发上继续睡觉。她仰面朝天，鼻子冲着天花板，闭着眼睛，也不跟我说话。大概是昨天晚上去酒吧回来太晚了，没睡够吧。也可能是怕我跟她唠叨，在装睡吧，说不好。

我起来洗了脸，让人送来日本茶，吃起海鳗寿司来。早饭吃三个足够了。我尽量轻轻地吃，以免吵醒飒子。吃完后，飒子还在睡。

我拿出从竹翠轩买来的砚台放在桌子上，慢慢地研起朱墨来。我先把那条朱墨磨了一半，然后把棉花揉成团，大的六七厘米，小的两三厘米，然后分别用红绸子包上做成拓棒。大小各做了两个，一共四个。

"爷爷，我出去三十分钟行吗？我想去餐厅吃点东西。"飒子不知什么时候醒了，盘腿坐在沙发上，两只膝盖从睡袍里露了出来。这使我想起了势至菩萨的姿态。

"不用去餐厅吃了，这里还有不少寿司呢，就在这儿吃吧。"

"是吗？好吧。"

"自从那回在浜作以来，好久没和你一起吃海鳗了。"

"是啊。——爷爷，刚才您干什么呢？"

"没干什么呀。"

"研墨干什么？"

"别打听那么多了，赶快吃你的吧。"

年轻时不经意间获得的见识，不定什么时候就会派上用场。我去中国游览过两三次。不光是中国，在日本各地旅游时，也偶然碰到过有人在野外拓碑。中国人拓碑的技术十分娴熟，即使在刮大风时，也能用蘸了水的刷子，将白纸吧唧吧唧地拍在碑石上，制作出完整的拓本。而日本人则非常细致，他们小心翼翼地用大小不同的棉团蘸上黑墨或黑色印泥，一条线一条线地仔细拓印。有的也用朱墨或红色印泥。我觉得红色的拓本特别美。

"我吃饱啦。好久没吃到这么好吃的了。"

趁着飒子喝茶的工夫，我慢悠悠地对她说："这些棉团啊，叫作拓棒。"

"干什么用的？"

"用它们蘸上黑墨或者朱墨，轻轻拍打在碑石表面做拓本用。我特别喜欢用朱墨做的拓本。"

"这里哪有碑石啊？"

"今天不用碑石，我用别的东西代替。"

"用什么呢？"

"借你的脚用一用。我想在这张白纸上用朱墨制作你的足印拓本。"

"做它干什么用呢？"

"照着这个拓本来刻阿飒的佛足石。我死了之后，就把骨头埋在这块石头下面。这才是真正的极乐往生。"

七

十七日。继续昨天的日记。

我本来不想告诉飒子为什么需要她的足印拓本，也不打算告诉她我的计划的。——我要把她的脚印刻成佛足石，好在我死了之后把骨头埋在这块石头下面，以此作为我，即卯木督助的墓碑的计划。但是昨天，我突然改变了主意，觉得还是向她挑明为好。我为什么要这么做呢？为了什么要向飒子和盘托出呢？

原因之一是想看看飒子知道后是什么表情、什么反应。其次是想看看她在知道事情原委的情况下，看到自己印在白纸上的红色足印时是什么样的心情。她见到自己一向引以为豪的脚像佛陀的足印那样在白纸上印成红色，一定会喜不自禁的。我很想目睹一下她高兴的样子。尽管她嘴上肯定会说"爷爷神经不正常"，其实心里一定很得意的。另外，等我将来去世以后，她一定会想："那个愚蠢的老头儿就躺在我这双美丽的脚底下，现在我还踩踏着那个可怜的老头儿的遗骸呢。"虽说她能够感到几分快意，但更应该觉得恐怖吧。不过，想忘掉也很难，恐怕她一生一世都抹不去这个记忆。我生前对她疯狂迷恋，然而，若想死了之后报复她的话，这是唯一的方法。或许死了之后就不会有这种想法了吧? 反正我是不大可能的。按说没有了肉体，思想也就不存在了，不过也不一定。比如可以把我的一部分思想附在她的身上借以延续生命。她踩在石碑上，想到"现在我脚底下踩着那个痴呆老头儿的骨头呢"。那时，我的灵魂应该会游荡在什么地方，感受到她全身的重压，感到疼痛，感到她脚底的光滑。我死了以后也要感觉到，不可能感觉不到的。同样，飒子也感觉得到我的灵魂的存在，我的灵魂在地下愉悦地承受着她的重压。也许她还能听见我的骨头在土中互相摩擦着发出响声，甚至能听见它们互相缠绕、互相嬉笑、互相吟诵、互相倾轧的声音。这种感觉并不限于她踩在石碑上面的时候，只要她一想到那块佛足石是照着自己的脚做的，就能听到石碑下的骨头的哭泣声。我一边哭泣一边叫喊："疼死了！疼死了！""疼是疼，可我高兴极了，比活着的时候高兴一百倍。""使劲踩啊！再使劲一些！"……

"今天不用碑石，我用别的东西代替。"刚才我这么告诉她时，她问了一句："用什么呢？""借你的脚用一用。我想在这张白纸上用朱墨制作你的足印拓本。"我答道。

要是飒子真的觉得这么做不舒服的话，就会露出不愿意的表情。然而，她只说了一句："这东西有什么用啊？"当她得知要照着她的足印拓本制作佛足石，以及我死后要把尸骨埋在它下面以后，也没有发表什么特别的意见。这样，我就能确定，飒子不仅没有不同意，至少还有些好奇。幸好我的房间是套间，另有一间八叠的日式房间。为了不把榻榻米弄脏，我让服务生拿来两条大床单，把它们叠起来铺在榻榻米上。然后端来准备好的朱墨、砚台和毛笔，又把飒子放在沙发上的枕头拿过来，放在适当的地方。

"来吧，阿飒，也不费什么事。你就这样平躺在这张床单上就行，其他的我来做。"

"这样行吗？朱墨会不会沾到我的衣服上？"

"绝对不会，我只用朱墨涂你的脚底。"

飒子照我说的平躺下来，两腿并拢，稍稍把脚跷起一点，使我能看清脚底。

一切就绪后，我拿起第一根拓棒蘸上朱墨。然后又拿起第二根拓棒与第一根拓棒对蘸，使得朱墨变浅一些。我把她的双脚分出两三寸的间隙，用第二个拓棒从右脚开始仔细地拍打起来，尽量使每一条纹路都能印得清清楚楚。

脚底周边移向脚心的倾斜部位非常难拓，加上我左手不灵便，涂起来力不从心，所以就更有难度了。虽说我保证过"决不把你的睡衣弄脏，我只用朱墨涂你的脚底"，可还是沾到了她的脚背和睡袍下摆上，只好用毛巾擦。就这样，我边涂边擦，越来越愉快，越来越兴奋，丝毫不知疲惫。

终于，两只脚都涂好了。我让她先稍微抬高右脚，再把脚从下至上贴到白纸上，然后在脚底处按一按。可试了好几次，效果都不理想，没做成我想要的拓本，二十张色纸都白费了。我又给竹翠轩打电话，让他们马上再送四十张色纸过来。这回我改变了方式，将原来涂的朱墨通通洗掉，把脚趾缝都一一擦干净，然后让飒子坐到椅子上。我躺在她下面，姿势很别扭地仰着脸往她的脚底拍朱墨，然后，让她把脚踏在色纸上拓足印。……

　　……

　　我原来计划的是在五子和佐佐木她们回来之前做完，让服务生把弄脏的床单拿走，将几十张拓了足印的色纸先暂存到竹翠轩，再把房间打扫干净，装作什么事也没发生。可是，事与愿违，没想到五子她们不到九点便早早地回来了。才听见敲门声，还没等我答应，她们就开门进来了。飒子赶紧躲进了浴室。看见榻榻米上到处都是红色和白色的斑迹，她们俩茫然地面面相觑。佐佐木一言不发地给我量了血压。

　　"232。"她表情严肃地说道。……

　　……

十七日早上，飒子没打招呼就独自回东京了，我们是十一点才知道的。吃早饭的时候在餐厅没有看见她，我以为一向爱睡懒觉的飒子肯定还在睡觉，谁料想，她那时已经打车去了伊丹。十一点左右，五子来到我的房间，告诉我说："这可麻烦了。"

"你是什么时候知道的？"

"就在刚才。我来饭店，本想问问今天陪您去哪儿，结果前台的人突然告诉我说，卯木太太刚才一个人去伊丹了。"

"胡说！你早就知道了吧。"

"怎么可能，我怎么会知道啊？"

"瞎说，你这个滑头，准是你搞的鬼。"

"真的不是，我也是刚在饭店听说的。前台的人说，太太说她待会儿要瞒着公公乘日航的飞机先回去，还说她到伊丹之前不要告诉任何人。所以刚才没有说。我听了也很吃惊。"

"撒谎，你这条老狐狸，一定是你搞鬼把飒子给气走的。你和陆子都是一贯喜欢挑拨离间、搬弄是非的人，都怪我把这一点给忘了。"

"哎哟，太过分了！您怎么说这种话！"

"佐佐木小姐。"

"哎。"

"哎什么呀。你肯定也听五子说了，应该知道吧。你们合起伙来欺骗我这个老人，联手把飒子给赶走了。"

"您这么想可真是冤枉佐佐木小姐了。佐佐木小姐，你先去大厅待一会儿，趁这个机会，我有话要跟外公说。您既然说我是老狐狸，那我也不客气了，跟您好好理论理论。"

"老爷血压高，请别惹他太生气。"

"好的，好的，我知道。"

"您说是我把阿飒挤对走的，纯粹是毫无根据地冤枉人。照我的猜想，飒子先走很可能另有原因。我虽然不太清楚，爷爷您应该能够猜到一些吧。"她阴阳怪气地说道。我回答说："她和春久关系好不仅我知道，她自己也公开这么说，她丈夫净吉也知道，可以说现在没有人不知道。可没有证据说他们二人之间有不正当的关系，也没有人相信。""真的一个人都没有吗？"五子怪怪地笑着，然后又说，"我不知道这么说好不好，我觉得净吉的心理有些不可理解。假使飒子和春久之间有什么的话，净吉不可能装作看不见，默认他们吧。所以我总觉得净吉自己也另有女人，飒子和春久也应该知道。就这样，他们不仅相互默认，还达成了某种谅解。"——五子说话的时候，我对这个女人涌起了满腔的愤懑和憎恶，差点儿没吼起来，怕那样会震破动脉，才强忍了下去。我坐在椅子上，也还是觉得眼前发黑，快要摔倒了。见我的脸色很难看，五子也吓坏了。

"不要再说了，你回去吧。"我尽量压低声音颤抖着说。我为什么这么生气呢？是因为她突然戳穿了那个不可想象的秘密吗？还是因为，我自己也早就有所察觉，只不过装作不知道而已，现在却被这个老狐狸突然给揭穿了呢？

五子已经走了。我由于昨天一天活动得过多，脖子四周、肩膀和腰都疼得受不了。昨天夜里也睡不着，又吃了三片阿达林和三片安定，还让佐佐木在我后背、肩膀和腰部贴了好几块膏药才上床。结果还是睡不着，本想让她给我注射鲁米那，可又担心睡过头，就没打。我决定乘下午的火车紧跟着飒子回东京，便托每日新闻报社的朋友帮忙，好容易才买到车票（我没有坐过飞机）。佐佐木激烈反对，她哭着恳求我说，这么高的血压，怎么可能旅行呢？少说也要静养三四天，等血压稳定后再说。我根本不听。五子来向我道歉，说要陪我回东京。我说，看见你就生气，要去的话，你就坐别的车厢……

十八日。昨天下午三点二分乘上了京都发的第二回音号。我和佐佐木在一等车厢，五子在二等车厢。九点到达东京。老伴、陆子、净吉和飒子四人来车站迎接。怕我步行困难，还推来了担架车。准是五子那家伙在电话里让他们准备的。

"这是干什么，愚蠢！我又不是鸠山①。"我死活不听，大家束手无策。突然，一只柔软的手拉住我的右手。原来是飒子的手。

"哎呀，爷爷，您可得听我的话啊。"

---

① 鸠山一郎（1883—1959），时任日本首相。

我一下子安静了下来，老老实实地躺到了车上。担架车立刻被推动起来，乘电梯来到地下，穿过长长的、昏暗的地下通道，一堆人跟在后面。由于车走得快，大家紧追慢赶的，结果老伴掉了队，净吉又回去找她。我对东京站地下通道之大和岔道之多感到惊讶。在丸之内一侧、靠近中央口的特别通道外面是停靠车辆的地方，我们从那儿出来，有两辆汽车等在那里。前面的一辆三个人，飒子和佐佐木夹着我坐。后面那辆坐四个人，老伴、五子、陆子和净吉。

　　"爷爷，对不起。我没告诉您就回来了。"

　　"和谁约好了吧！"

　　"才不是呢！说实话，昨天一天被您折腾得实在受不了了。脚底被从早弄到晚，谁能受得了啊。一天我就累得浑身难受，所以赶紧逃跑了。请原谅啦。"她说话的口气和以前不大一样，有点做作。

　　"爷爷累了吧。我十二点二十分从伊丹起飞，两点就到羽田了，还是飞机快呀。"……

　　……

佐佐木护士看护记录拔萃

……患者于十七日晚上回到东京。由于在京都连日劳累，十八、十九日两天大部分时间都在床上休息，但还不时去书房补写前几天的日记。可是，二十四日上午十点五十五分发生了下面的事。

此前，十七日下午三点，飒子夫人从羽田一回到狸谷的家，就马上给净吉打了电话，告诉他老人的精神状态越来越不正常，她已经一天也无法忍受与老人共处，所以没打招呼就自己提前回来了。夫妇二人商量以后，背着老夫人去拜访了精神科医生井上教授，请教该怎么办。教授的意见是，老人的病应该属于性欲异常，目前的状态还不能说是精神病，只是对于患者来说情欲还是不可缺少的。考虑到这已成为老

192

人生命的支柱，必须采取与之相应的方式对待他。飒子夫人要特别注意，既不要让患者过于兴奋，也不要违背患者的意志，尽量顺从地看护他，这是唯一的治疗办法。因此，自老人返京以来，净吉夫妇尽可能按照教授的嘱咐对待老人。

二十日　星期二　晴

上午八点，体温 35.5 度、脉搏 78、呼吸 15、血压 132/80，整体情况没有发现什么变化。从言语和动作来看，情绪不太好。

早饭后患者进了书房，好像是打算写日记。

上午十点五十五分，患者异常兴奋地从书房回到卧室，说了些什么，我没听懂。我扶他躺到床上。脉搏 136，只是情绪紧张，没有出现心律不齐或心律间歇。呼吸 23。患者诉说心悸。血压 158/92。又打手势诉说头特别痛。脸上的表情因恐惧而扭曲。给杉田医生打电话，也没什么指示。差不多每次都是这样，这位医生常常无视护士的观察。

上午十一点十五分，脉搏 143、呼吸 38、血压 176/100。

再次给杉田医生打电话，还是没有指示。检查了室温、采光和通风等。只有老夫人陪在患者房间。感觉有必要给患者吸氧，与虎之门医院联系，报告了患者病情，请求准备输氧。

上午十一点四十分，杉田医生出诊，我报告了病情。检查之后，杉田医生从医药箱里拿出针剂，亲自注射。打的是维生素K、镇静剂和氨茶碱。打完针，杉田医生在玄关还未离开，患者突然大叫起来，昏厥过去，全身剧烈抽搐，嘴唇和指尖出现了明显的青紫。不久痉挛停止，又开始激烈地躁动，怎么也按不住。

大小便失禁。整个发作时间持续十二三分钟，然后陷入沉睡。

下午十二点十五分，陪护的老夫人突然感觉头晕，送她到别的房间休息。十分钟左右恢复正常。五子夫人负责看护老夫人。

十二点五十分，患者安然入睡。脉搏80、呼吸16，飒子夫人进入房间。

十三点十五分，杉田医生离开，嘱咐要谢绝会客。

十三点三十五分，体温 37.0 度、脉搏 98、呼吸 18。时有咳嗽。全身大量出冷汗，更换睡衣。

十四点十分，亲戚小泉医生来访，我报告了病情。

十四点四十分，患者醒来，神志清醒，没有语言障碍。诉说脸部、头部和颈部如撞击般疼痛。发作前左上臂的疼痛已消失。按照小泉医生的指示，给患者服用一片散利痛和两片阿达林。见飒子夫人在，患者静静闭上了眼睛。五十五分，自然排尿。尿量 110cc，无浑浊。二十点四十五分，诉说口渴难耐。飒子夫人喂了他 150cc 的牛奶。喝菜汤 250cc。

二十三点五分，浅睡状态。虽然老人已完全清醒，脱离了危险，但不排除再次发作的可能。大家觉得，慎重起见，应该请东大的梶浦教授来出诊。所以，虽已夜深，净吉先生还是去接来了梶浦教授。梶浦教授诊断后说，这不是脑溢血，而是脑血管痉挛，现在不必担心。然后指示一天早晚注射两次 20cc 的 20% 的葡萄糖、100 毫升的维生素 B_1、500 毫升的维生素 C。睡前三十分钟，服两片阿达林和四分之一片索尔苯。还嘱咐今后两个星期要保持静养，谢绝会客。暂停洗澡，可趁状况特别好的时候洗。能下床走动后，也要先在屋内走动，看身体情况，选择天气特别好的时候，可以在院里散一会儿步，但严禁外出。尽可能让病人什么都不想，不要深思和钻牛角尖，绝对不可写日记，等等。嘱咐得非常细致周到。……

　　……

胜海医师病床日记拔萃

十二月十五日　晴间浓雾后晴

主诉。突发性胸闷。病史：三十多年来血压高，高压高时达到 150—200，最高达到过 240，低压达到 70—95。六年前患中风，之后有轻度行走障碍。近几年来，左上肢尤其是手腕以上经常神经性疼痛，着凉后更加严重。年轻时患过性病，一次能喝近一升①酒，最近只能喝一两小盅。昭和十一年后已戒烟。

现病历。大约一年前开始心电图显示 ST 下降，T 波低平化等，怀疑是心肌损伤，但最近并无心脏不适之感。十一

---

① 日本容积单位，一升约合一点八立升。

月二十日出现剧烈的头疼、痉挛以及昏厥，梶浦教授诊断为脑血管痉挛。照他的指示治疗，病情稳定下来。三十日，患者和他讨厌的女儿争吵时，左前胸有轻度苦闷感，持续了十几分钟。后来经常有同样的发作。当时的心电图与一年前相比并无明显变化。十二月二日夜晚，由于排便用力，心脏剧烈抽痛达五十分钟之久。请附近的医生出诊，第二天查了心电图，胸部诱导的结果显示可能是前壁中隔梗塞。五日晚也出现同样的剧烈发作，持续十几分钟。后来每天都有小的发作。原本习惯性便秘，因此排便后容易发作。到目前为止，每次发作时，医生都让服用 P 剂 Q 剂、吸氧、注射镇静剂和罂粟碱等。十二月十五日住进本院（东大内科）A 号病室。根据主治医 S 先生以及少夫人的病情介绍，进行了初步检查。患者较胖，贫血，没有出现黄疸症，下肢轻度浮肿。血压 150/75、脉搏 90，稍快但均匀。颈部没有静脉曲张。胸部的两侧肺下叶有轻度湿性啰音。心脏不肥大，大动脉瓣膜口有轻微收缩期杂音。腹部摸不到肝和脾。右侧上下肢有轻度运动障碍，但并非软弱无力，没有异常反射。双腿膝盖腱反射都有所减弱。

脑神经方面未见异常。家属介绍说患者说话正常，但患者本人说自从中风后，不太正常。主治医S先生提醒说，患者比一般人对药物敏感，一般药量的三分之一或二分之一即可见效，如用一般药量则太强。少夫人说，以前因静脉注射发生过痉挛，所以不宜进行血管注射。

十六日　晴间多云

大概是住院以后安心之故，昨晚患者没有发作，睡眠很好。黎明时，上胸部有轻微苦闷感，断断续续，每次几秒钟，估计是神经性的。为防止便秘，劝病人服用缓泻药。患者也意识到这一点，已经专门从德国拜耳药品公司买来了一种名为"Istizin"的药服用。由于患者长年患高血压和神经痛，对药物十分熟悉，年轻医生用药不小心都会被他挑出毛病。他的病床四周放着各种各样的药，不必开处方，叮嘱他从中找出P剂Q剂继续服用即可。再发作时，就让患者服用自己带来的硝酸甘油片。患者枕边要常备吸氧器以便能够马上进行注射。血压 142/78。心电图和三日差不多，出现 ST—T 异常，以及疑似前壁中隔梗塞的症状。胸部 X 光片没有显示心脏肥大症状，但略呈动脉硬化。血沉增快，白血球增多，未见 S·GOT 值上升。患者说患有前列腺肥大多年，排尿困难，尿液浑浊，但今天尿液透明，没有蛋白，尿糖呈弱阳性。

十八日　晴转阴

住院以来还未有剧烈发作。发作的病状主要是上胸部或左前胸感觉苦闷，但很少持续几分钟以上。一着凉，神经就会疼痛，并且容易导致心脏病发作。怕病房的暖气不够暖和，家属又拿来了两三台电炉和燃气炉。

二十日　阴转晴

昨晚八点左右，患者从心窝至胸骨背面开始有苦闷感，持续了三十分钟。值班医生给他服用了硝酸甘油片，注射了镇静剂和冠扩张剂后，很快缓解。心电图和上次测的出入不大。血压 156/78。

二十三日　晴间多云

每天都有轻微发作。由于尿中带糖，所以今天早上让患者多吃米饭和菜，然后测量血糖值，检查有无糖尿病。

二十六日　星期日　晴间多云

下午六点左右，医院来电话说患者左前胸出现剧烈苦闷感，持续了十几分钟，让我过去。我让值班医生采取紧急处理，下午七点赶到医院。血压 185/97，脉搏 92，均匀。打了镇静剂后很快安静下来。星期日常常发作，也许是由于主治医不在，患者感到不安的缘故。发作时有血压升高的倾向。

二十九日　晴转雹转浓雾后转晴

近几天没有剧烈的发作。矢量心电图也显示有前壁中隔梗塞的迹象。血清 W 氏反应呈阴性。决定明天开始使用刚从美国进口的最新冠扩张剂 R。

昭和三十六年一月三日　晴转阴转雨

大概是新药比较见效，病情逐渐好转。尿液越来越浑浊，显微镜下白血球量剧增。

八日　晴间浓雾后转晴

泌尿科 K 教授来会诊。鉴于前列腺肥大以及残尿导致细菌的感染，建议进行前列腺按摩和服用抗生素观察。心电图显示心脏状况有轻度改善。血压 143/65。

十一日　晴间多云

患者诉说两三天前腰部开始疼痛，而且越来越厉害。与此同时，下午，两侧胸部开始感到揪心似的疼痛，持续了十几分钟，是近来最厉害的一次发作。血压 176/91，脉搏 87。服用硝酸甘油片，注射冠扩张剂和镇静剂后马上得到缓解。从心电图上没有发现新的病变。

十五日　晴

从昨天的 X 光片来看，可诊断为变形性脊椎症。由于腰部以尽量不弯曲为宜，所以在患者腰部下面垫上熨衣板，使躺在床上的身体不下陷。

（中略）

二月三日　晴

心电图显示有明显好转，最近基本上也没有小的发作。照此，近日大概可以出院。

二月七日　晴间阴

病愈出院。尽管是二月份，今天却少有地暖和。此病最忌着凉，所以选择中午最暖和的时间用空调车送回家。据说卯木家已在主人的书房里摆放了一只特大的炉子预先暖上了。

城山五子手记拔萃

　　去年十一月二十日，父亲因脑血管痉挛病倒，后来又患了心绞痛和心肌梗塞。同年十二月五日住进东大医院，在胜海医生的治疗下，总算脱离了危险状态。住了五十多天医院，于今年二月七日出院，回到了狸穴的家中。不过心绞痛并未完全治愈，此后也时有轻微发作，至今还在服用硝酸甘油片。二月至三月底，父亲一直没有走出卧室一步。父亲住院时，佐佐木护士在卯木家中看护母亲，父亲出院后，又继续看护父亲，从一日三餐到大小便都承担下来，阿静有时帮帮忙。

　　京都的家里最近没有什么要紧事，我就在狸穴的家里待了一个半月，代佐佐木护士看护母亲。父亲一看见我就生气，所以我尽量躲着他。陆子也是一样。

飒子的立场很微妙，也很难做。按照井上教授的嘱咐，她尽量对父亲表现出温顺的态度，但是，如果太温顺或长时间在枕边伺候的话，父亲就会激动得兴奋起来。飒子离开病房后，父亲常会发作。如果她每天不去几趟病房，病人就会介意，其结果就会导致病情恶化。

和飒子一样，父亲的心理也很微妙。由于心绞痛发作时伴有极度疼痛，所以父亲虽然嘴上说不怕死，却害怕死前肉体的痛苦。看得出来，他在尽力避免和飒子过于亲近，可是不见她又不行。

我没有去过净吉夫妇住的二楼。但是，据佐佐木说，飒子最近好像不和丈夫睡在一间房里，而把自己的卧室搬到了为客人准备的客房。她还说，春久偶尔也偷偷上二楼去。

我回京都后，一天，突然接到父亲的电话，心里很诧异。他说上次拓的飒子的足印拓本（色纸）还存放在竹翠轩，让我去取出来，拿给上次那个石材店老板，让他照着拓本刻成佛足石。还说据《大唐西域记》所载，释迦佛祖的足印至今还留在摩揭陀国。其足长一尺八寸、宽六寸，两足底有轮相。飒子的足底不刻轮相也行，但长度要同样放大为一尺八寸，让我务必对石材店老板这样要求。这种荒唐的要求根本没法提，所以，我应付着挂断了电话。

隔了一会儿，我又打电话回复父亲说："石材店老板去九州旅行了，说是过几天再回话。"几天后，父亲又来电话说，既然联系不上他，就把拓本全部寄到东京来。我照办了。

不久，佐佐木护士来电话告诉了我拓本寄到东京后的情况。父亲从十几张拓本里千挑万选出四五张比较好的，每天都要一张一张不厌其烦地看上好几个小时。担心他会因此而兴奋，可又不能禁止。又一想，比起直接摸飒子来说，这样能让他满足也不错，就没加阻止。

到了四月中旬以后，天气好的时候，父亲能在院子里散步二三十分钟了。一般由护士陪同，偶尔飒子也会拉着他的手散步。

答应飒子的游泳池已经开始动工了，院子里的草坪都被翻掉了。

"修了游泳池也没用啊。反正一到夏天，爷爷也不能到户外走动。太浪费了，还是停工吧。"飒子说。净吉说："只要看到游泳池如期开工，父亲就会浮想联翩的。再说，孩子们也都盼着呢。"

图书在版编目（CIP）数据

疯癫老人日记 /（日）谷崎润一郎著；竺家荣译 .
北京：作家出版社，2024.11. --（谷崎润一郎经典典藏）.
-- ISBN 978-7-5212-3150-2

Ⅰ. I313.45

中国国家版本馆 CIP 数据核字第 202441HP72 号

疯癫老人日记

作　　者：［日］谷崎润一郎
译　　者：竺家荣
责任编辑：田一秀
装帧设计：芬　妮
出版发行：作家出版社有限公司
社　　址：北京农展馆南里 10 号　　　　邮　　编：100125
电话传真：86-10-65067186（发行中心）
　　　　　86-10-65004079（总编室）
E-mail:zuojia @ zuojia.net.cn
http://www.zuojiachubanshe.com
印　　刷：河北京平诚乾印刷有限公司
成品尺寸：128×175
字　　数：93 千
印　　张：6.75
版　　次：2024 年 11 月第 1 版
印　　次：2024 年 11 月第 1 次印刷
ISBN 978-7-5212-3150-2
定　　价：59.00 元